JN054817

「おっけー！」
「「【砲身展開】！」」

「メイプル、いくよ！」
二人の片腕がそれぞれ巨大なレーザー砲に変わり、
その砲口は真下のキューブをしっかりと捉える。
ボスの切り札へのカウンターにて

口絵・本文イラスト
狐印

装丁
AFTERGLOW

CONTENTS

All points are divided to VIT.
Because
a painful one isn't liked.

0850 1048 4070 7603

NewWorld Online STATUS

GUILD 楓の木

NAME メイプル Maple

LV 68

HP 200/200　MP 22/22

PROFILE

最強最硬の大盾使い

ゲーム初心者だったが、防御力に極振りし、どんな攻撃もノーダメージな最硬大盾使いとなる。なんでも楽しめる真っ直ぐな性格で、発想の突飛さで周囲を驚かせることもしばしば。戦闘では、あらゆる攻撃を無効化しつつ数々の強力無比なカウンタースキルを叩き込む。

STATUS

STR 000　VIT 18690　AGI 000

DEX 000　INT 000

EQUIPMENT

新月 skill 毒竜（ヒドラ）

闇夜ノ写 skill 悪食 / 水底への誘い

黒薔薇ノ鎧 skill 滲み出る混沌

絆の架け橋　タフネスリング

命の指輪

SKILL

シールドアタック　体捌き　攻撃逸らし　瞑想　挑発　鼓舞　ヘビーボディ

HP強化小　MP強化小　深緑の加護

大盾の心得Ⅸ　カバームーブⅤ　カバー　ピアースガード　カウンター　クイックチェンジ

絶対防御　極悪非道　大物喰らい（ジャイアントキリング）　毒竜喰らい（ヒドライーター）　爆弾喰らい（ボムイーター）　羊喰らい（シープイーター）

不屈の守護者　念力（サイコキネシス）　フォートレス　身捧ぐ慈愛　機械神　蠱毒の呪法　凍てつく大地

百鬼夜行Ⅰ　天王の玉座　冥界の縁　結晶化　大噴火　不壊の盾　反転再誕　地操術Ⅱ

魔の頂点

TAME MONSTER

Name シロップ　高い防御力を誇る亀のモンスター

巨大化　精霊砲　大自然　etc.

All points are divided to VIT. Because a painful one isn't liked.

Welcome to "NewWorld Online"

6892 1179 0606 0847

NewWorld Online STATUS

GUILD 楓の木

NAME サリー Sally

LV 70

HP 32/32 MP 130/130

PROFILE

絶対回避の暗殺者

メイプルの親友であり相棒である、しっかり者の少女。友達思いで、メイプルと一緒にゲームを楽しむことを心がけている。軽装の短剣二刀流をバトルスタイルとし、驚異的な集中力とプレイヤースキルで、あらゆる攻撃を回避する。

STATUS

STR 140 VIT 000 AGI 185

DEX 045 INT 060

EQUIPMENT

- 深海のダガー
- 水底のダガー
- 水面のマフラー skill 蜃気楼
- 大海のコート skill 大海
- 大海の衣
- 死者の足 skill 黄泉への一歩
- 絆の架け橋

SKILL

疾風斬り ディフェンスブレイク 鼓舞

ダウンアタック パワーアタック スイッチアタック ピンポイントアタック

連撃剣Ⅴ 体術Ⅷ 火魔法Ⅲ 水魔法Ⅲ 風魔法Ⅲ 土魔法Ⅲ 闇魔法Ⅲ 光魔法Ⅲ

筋力強化大 連撃強化大

MP強化大 MPカット大 MP回復速度強化大 毒耐性小 採取速度強化小

短剣の心得Ⅹ 魔法の心得Ⅲ 短剣の極意Ⅲ

状態異常攻撃Ⅷ 気配遮断Ⅲ 気配察知Ⅱ しのび足Ⅰ 跳躍Ⅴ クイックチェンジ

料理Ⅰ 釣り 水泳Ⅹ 潜水Ⅹ 毛刈り

超加速 古代ノ海 追刃 器用貧乏 剣ノ舞 空蝉 糸使いⅧ 氷柱 氷結領域

冥界の縁 大噴火 水操術Ⅵ 変わり身

TAME MONSTER

Name 朧 多彩なスキルで敵を翻弄する狐のモンスター

瞬影 影分身 拘束結界 etc.

Welcome to "NewWorld Online"

0557 4654 3729 1094

NewWorld Online STATUS

GUILD 楓の木

NAME クロム Kuromu

LV 87

HP 940/940 MP 52/52

PROFILE

不撓不屈のゾンビ盾

NewWorld Onlineで古くから名の知られた上位プレイヤー。面倒見がよく頼りになる兄貴分。メイプルと同じ大盾使いで、どんな攻撃にも50%の確率でHP1を残して耐えられるユニーク装備を持ち、豊富な回復スキルも相まってしぶとく戦線を維持する。

STATUS

STR 140 VIT 185 AGI 040

DEX 030 INT 020

EQUIPMENT

- 首落とし skill 命喰らい
- 怨霊の壁 skill 吸魂
- 血塗れ髑髏 skill 魂喰らい
- 血染めの白鎧 skill デッド・オア・アライブ
- 頑健の指輪
- 鉄壁の指輪
- 絆の架け橋

SKILL

「刺突」「属性剣」「シールドアタック」「体捌き」「攻撃逸らし」「大防御」「挑発」
「鉄壁体制」
「防壁」「アイアンボディ」「ヘビーボディ」「守護者」
「HP強化大」「HP回復速度強化大」「MP強化大」「深緑の加護」
「大盾の心得X」「防御の心得X」「カバームーブX」「カバー」「ピアースガード」「マルチカバー」
「カウンター」「ガードオーラ」「防御陣形」「守護の力」「大盾の極意IX」「防御の極意VIII」
「毒無効」「麻痺無効」「スタン無効」「睡眠無効」「氷結無効」「炎上耐性大」
「採掘IV」「採取VII」「毛刈り」
「精霊の光」「不屈の守護者」「バトルヒーリング」「死霊の泥」「結晶化」「活性化」

TAME MONSTER

Name ネクロ 身に纏うことで真価を発揮する鎧型モンスター

「幽鎧装着（アーマード）」「衝撃反射」 etc.

l points are divided to VIT. Because a painful one isn't liked

Welcome to "NewWorld Online"

1121 6511 1627 4925

NewWorld Online STATUS

GUILD 楓の木

NAME イズ Iz

LV 71

HP 100/100 MP 100/100

PROFILE

超一流の生産職

モノづくりに強いこだわりとプライドを持つ生産特化型プレイヤー。ゲームで思い通りに服、武器、鎧、アイテムなどを作れることに魅力を感じている。戦闘には極力関わらないスタイルだったが、最近は攻撃や支援をアイテムで担当することも。

STATUS

STR 045 VIT 020 AGI 090

DEX 210 INT 085

EQUIPMENT

- 鍛冶屋のハンマー・X
- 錬金術士のゴーグル skill 天邪鬼な錬金術
- 錬金術士のロングコート skill 魔法工房
- 鍛冶屋のレギンス・X
- 錬金術士のブーツ skill 新境地
- ポーションポーチ
- アイテムポーチ
- 絆の架け橋

SKILL

ストライク

生産の心得X 生産の極意X

強化成功率強化大 採取速度強化大 採掘速度強化大

生産個数増加大 生産速度強化大

状態異常攻撃Ⅲ しのび足Ⅴ 遠見

鍛冶X 裁縫X 栽培X 調合X 加工X 料理X 採掘X 採取X 水泳Ⅶ 潜水Ⅷ

毛刈り

鍛冶神の加護X 観察眼 特性付与Ⅶ 植物学 鉱物学

TAME MONSTER

Name フェイ アイテム製作をサポートする精霊

アイテム強化 リサイクル etc.

All points are divided to VIT. Because a painful one isn't liked.

Welcome to "NewWorld Online"

2128 0779 2864 5999

NewWorld Online STATUS

GUILD 楓の木

NAME カスミ Kasumi

LV 84

HP 435/435 MP 70/70

PROFILE

孤高のソードダンサー

ソロプレイヤーとしても高い実力を持つ刀使いの女性プレイヤー。一歩引いて物事を考えられる落ち着いた性格で、メイプル・サリーの規格外コンビにはいつも驚かされている。戦局に応じて様々な刀スキルを繰り出しながら戦う。

STATUS

STR 205 VIT 080 AGI 115

DEX 030 INT 030

EQUIPMENT

身喰らいの妖刀・紫 / 桜色の髪留め

桜の衣 / 今紫の袴 / 侍の脛当

侍の手甲 / 金の帯留め

絆の架け橋 / 桜の紋章

SKILL

「一閃」「兜割り」「ガードブレイク」「斬り払い」「見切り」「鼓舞」「攻撃体制」

「刀術X」「一刀両断」「投擲」「パワーオーラ」「鎧斬り」

「HP強化大」「MP強化中」「攻撃強化大」「毒無効」「麻痺無効」「スタン耐性大」「睡眠耐性大」

「氷結耐性中」「炎上耐性大」

「長剣の心得X」「刀の心得X」「長剣の極意Ⅷ」「刀の極意Ⅷ」

「採掘Ⅳ」「採取Ⅵ」「潜水Ⅴ」「水泳Ⅵ」「跳躍Ⅶ」「毛刈り」

「遠見」「不屈」「剣気」「勇猛」「怪力」「超加速」「常在戦場」「戦場の修羅」「心眼」

TAME MONSTER

Name ハク 霧の中からの奇襲を得意とする白蛇

「超巨大化」「麻痺毒」 etc.

l points are divided to VIT. Because a painful one isn't liked

Welcome to "NewWorld Online"

3030 8825 2743 3535

NewWorld Online STATUS

GUILD 楓の木

NAME カナデ Kanade LV 60

HP 335/335 MP 250/250

PROFILE

気まぐれな天才魔術師

中性的な容姿の、ずば抜けた記憶力を持つ天才プレイヤー。その頭脳ゆえ人付き合いを避けるタイプだったが、無邪気なメイプルとは打ち解け仲良くなる。様々な魔法を事前に魔導書としてストックしておくことができる。

STATUS

STR 015 VIT 010 AGI 090
DEX 050 INT 135

EQUIPMENT

- 神々の叡智 skill 神界書庫
- ダイヤのキャスケット・Ⅷ
- 知恵のコート・Ⅵ
- 知恵のレギンス・Ⅷ
- 知恵のブーツ・Ⅵ
- スペードのイヤリング
- 魔道士のグローブ
- 絆の架け橋

SKILL

魔法の心得Ⅷ 高速詠唱
MP強化大 MPカット大 MP回復速度強化大 魔法威力強化大 深緑の加護
火魔法Ⅶ 水魔法Ⅴ 風魔法Ⅷ 土魔法Ⅴ 闇魔法Ⅲ 光魔法Ⅷ
魔導書庫 死霊の泥
魔法融合

TAME MONSTER

Name ソウ プレイヤーの能力をコピーできるスライム

擬態 分裂 etc.

All points are divided to VIT. Because a painful one isn't liked.

Welcome to "NewWorld Online"

NewWorld Online STATUS

GUILD 楓の木

NAME マイ Mai

Lv 54

HP 35/35 MP 20/20

PROFILE

双子の侵略者

メイプルがスカウトした双子の攻撃極振り初心者プレイヤーの片割れ。ユイの姉で、皆の役に立てるように精一杯頑張っている。ゲーム内最高峰の攻撃力を持ち、近距離の敵なら二刀流のハンマーで粉砕する。

STATUS

STR 510 VIT 000 AGI 000
DEX 000 INT 000

EQUIPMENT

- 破壊の黒槌・X
- ブラックドールドレス・X
- ブラックドールタイツ・X
- ブラックドールシューズ・X
- 小さなリボン
- シルクグローブ
- 絆の架け橋

SKILL

「ダブルスタンプ」「ダブルインパクト」「ダブルストライク」
「攻撃強化大」「大槌の心得X」
「投擲」「飛撃」
「侵略者」「破壊王」「大物喰らい（ジャイアントキリング）」「決戦仕様（デストロイモード）」「巨人の業」

TAME MONSTER

Name ツキミ　黒い毛並みが特徴の熊のモンスター

「パワーシェア」「ブライトスター」etc.

5272 0557 2241 2738

NewWorld Online STATUS

GUILD 楓の木

NAME ユイ Yui

LV 54

HP 35/35 MP 20/20

PROFILE

双子の破壊王

メイプルがスカウトした双子の攻撃極振り初心者プレイヤーの片割れ。マイの妹で、マイよりも前向きで立ち直りが早い。ゲーム内最高峰の攻撃力を持ち、遠距離の敵ならイズお手製の鉄球を投げて粉砕する。

STATUS

STR 510 VIT 000 AGI 000

DEX 000 INT 000

EQUIPMENT

破壊の白槌・X

ホワイトドールドレス・X

ホワイトドールタイツ・X

ホワイトドールシューズ・X

小さなリボン シルクグローブ

 絆の架け橋

SKILL

ダブルスタンプ ダブルインパクト ダブルストライク

攻撃強化大 大槌の心得X

投擲 飛撃

侵略者 破壊王 大物喰らい(ジャイアントキリング) 決戦仕様(デストロイモード) 巨人の業

TAME MONSTER

Name ユキミ 白い毛並みが特徴の熊のモンスター

パワーシェア ブライトスター etc.

All points are divided to VIT. Because a painful one isn't liked.

Welcome to "NewWorld Online"

プロローグ

七層の探索を続け、いかに広い七層といえど全く行ったことのない場所が少なくなってきた頃、第九回イベントである、モンスター討伐が開催された。空中を泳ぐ魚達や、水による攻撃に優れたものがモンスターとしてフィールド上のあちこちに現れ、メイプル達【楓の木】もプレイヤー全員で共有する目標討伐数を伸ばすこととしたのだ。

数を倒せと言われているだけあり、モンスターはそれほど強くはなくメイプル達が苦戦するというようなものではなかったものの、攻撃の目新しさは確かにあり、空中を自由に動くモンスターを上手く捉えられないプレイヤーも一定数いた。空を飛んでいようがなんだろうが撃ち落とせるメイプルに対しては、本来相手が持っているアドバンテージもそこまで生きなかったのである。

そんなイベントだが、全プレイヤーによって討伐数を加算していく形となることもあり、【楓の木】として全力で急いでモンスターを狩らなくとも、長いイベント期間が終わる前に最後の報酬がもらえる討伐数まで辿り着くだろうと予測がついた。そのためメイプルはのんびりとイベントを楽しみ、新たに知り合いになった【thunder storm】と【ラピッドファイア】のギルドマスター達とも交流を深めたのだった。

ただ、討伐数が目標に届いたことをきっかけとして、イベントは後半戦へと入っていく。長いイベント期間はそのためのものであり、それ以降、メイプルといえども一人では到底倒せないような、とてつもない量のＨＰを持った巨大なモンスターがレイドボスとしてフィールドに現れるようになった。

それに対し、【楓の木】は特訓の結果八本の大槌を持てるようになったマイとユイを中心にして、【集う聖剣】【炎帝ノ国】【thunder storm】【ラピッドファイア】の面々とも協力してレイドボスを打ち破るのだった。メイプルは新たに意味深なアイテムも手に入れて、【楓の木】は広い広い七層を後にして八層へと入っていく。

そこは一面が水に覆われ、今まで慣れ親しんだ景色は遥か水底に消えてしまった世界。これまでとは全く勝手が異なるだろう探索をそれでも楽しみにしつつ、メイプルは遠くに見える水平線と、水中から建物を積み上げてなんとか水上に姿を見せる町を眺めるのだった。

一章　防御特化と潜水服。

水上まで飛び出た建造物同士にかけられた橋を渡って、メイプル達は八層のギルドホームへとやってきた。八層のギルドホームには一部水没した部分があり、完全に水中に沈んだ階段からさらに下へと進んでいけるようになっている。

「こっちって行っても大丈夫なのかな？」

「ギルドホームの中にあるんだし、危険ってことはないと思うけど……ちょっと見てみようか？」

泳ぎが得意なサリーが足を踏み入れようとすると、ウィンドウが表示されて現在侵入不可であることが告げられる。

「っと、駄目みたい。でもこの感じだと条件をクリアすれば入れるようになるのかな？」

まだまだ分からないことばかりなため、まずは探索が必要だろう。サリーは運営から届いていたメッセージに改めて目を通す。前回のイベントの累計討伐数達成によって、八層でプレイヤーの助けとなる要素が解放されているはずである。

「きっとそれが関わってるんじゃない？」

「じゃあ早速探索だね！」

メイプルの提案に乗って、いつも通り全員が町へと繰り出して様子を見にいくことにする。町自体もほとんどが水没しており、ＮＰＣが船で移動している様子も見ることができる。徒歩で行くなら建物の間にかかった橋を渡っていく必要がある。

メイプルは今回はサリーと二人、町を見て回ることにして、ギルドホームから出ると八層の町を歩いていく。

「水の中の建物にも入れるのかな？」

「どうだろう？　結構深いところまであるみたいだけど……」

透明度の高い水中には今の建物の土台になっている建物が見える。サリーの言うように、それはいくつも重なってかなり深くまで続いているように見える。

「町の外を見てもずっと向こうまで水没してるし、水中探索の方法があるはず」

そうでなければ水面から突き出た僅(わず)かな建物を探索するだけの層ということになる。そんなはずはないだろうと思いながら町を歩く二人は、早速探していたものを見つける。

それは三層で空を飛ぶための機械を売っていた店によく似たものだった。いくつも並べられた潜水服はまさに水中探索をしてくれといっているようなものである。

「ちょっと見てみよっか」

「うん！」

二人が品物を見ていると、ＮＰＣが勝手に話し始める。

「水中探索にはこいつらが必須さ！　水の中から引き揚げたお宝次第じゃもっと深くまで潜れるようになるかもしれないぞ？」

それと同時に二人の前にウィンドウが表示され、運営からのメッセージが伝えられる。

八層で早めに解放されたのはこの潜水服であり、水中探索を助けるものになっているとのことだった。前回のイベントで手に入ったアイテムと合わせて、より深くまで水中の探索を進め、水底に眠る装備品を手に入れるのがこの層での目的となるのだ。

「ガンガン潜って強化パーツになりそうなものを手に入れて、もっと深くまで行けるようにしてレア装備を探すって感じだね。ギルドホームの下の階にもこれを強化すると入れるようになるみたい」

「おおー……こんなに深かったら色んなものが沈んでそうだよね！」

「沈没船のお宝とかあるかもよ？　サルベージしないとね！」

かつての文明の跡とも言えるような、水に侵食された建造物。その中にはサリーが言うようにいくつもお宝が眠っているのかもしれない。鳥居によってエリアが分けられていた四層のように要素解放に時間をかけける必要があるため、急ぐに越したことはない。

「じゃあ早速買っちゃおう！」

「うん、そうしよう。で、試しに潜ってみようよ」

「さんせーい！」

メイプルとサリーはそれぞれ潜水服を選ぶと、ほとんど足場すらない、水に覆われたフィールドへと向かっていくのだった。


サリーはボートにメイプルを乗せるとフィールドへと漕ぎ出る。八層は四層に性質が近く、先ほど買った潜水服をグレードアップさせていかなければ思うように行動できない。潜水服の説明から分かるのは適性のない深さまで潜ると、水中での活動可能時間が急速に減少していくということである。そのため、何箇所かある浅めのエリアを探索することで素材をサルベージし、より深いところを目指すことになる。

「ほんとに海って感じだね」

「うん、足場がないからモンスターも歩き回ってないし。今までにない探索になりそう」

「私は泳ぐのは得意じゃないし……頑張ってアイテム集めないと！」

潜水服や前回のイベントで手に入った水中探索用アイテムは、あくまで探索を補助するものである。【水泳】や【潜水】のスキルを持たないメイプルは、それらを持つサリーと比べれば、元々潜っていられる時間が短く、機動力も劣る。じっくり探索するにはアイテムを揃えて、その時間をより伸ばしていく必要がある。

水中の様子もまだよく分からないため、町からそこまで離れることはせず、二人は初期潜水服で潜れるエリアにやってきた。

サリーはそこでボートを漕ぐのをやめると、潜水服を身につける。潜水服は装備品ではないものの、見た目を上書きするようで、サリーはいつもの青い服ではなくウェットスーツを身に纏(まと)った状態となった。水中での機動力に補正がかかるが水中での活動可能時間はそこまで伸びないタイプで、素早く探索するサリー向けと言える。

「見た目は変わるけど……うん。装備自体はそのままみたいだね」

「そういうのは初めてかも！　今までは着替えたりしてたし……」

「これでフィールドに出るわけだし、装備のスキルとかステータスはそのままじゃないと大変だからかな？　こういうのが増えるなら戦略にも追加できるかも……」

メイプルの黒装備の見た目を変更してしまえば、相手の想定外のスキルを使用することもできるだろう。潜水服は八層限定のため、今後に期待というわけである。

ともあれ、今は探索ということで、メイプルも潜水服を身につける。メイプルのそれは宇宙服のように全身をきっちり覆っており、後ろに酸素ボンベらしきものまで背負っているものである。顔の部分だけが透明になっているため、そこからメイプルの表情がうかがえる。

サリーのものと違い潜っていられる時間は長いものの、水中移動の初期性能は劣るタイプで、いっそ素早い移動は諦(あきら)めてゆっくり歩いて水中探索をするつもりなのだ。

「おおー、つけてるところを見ると結構本格的だね」

「そう？」

「うん、長く潜れそう」

「よーし、じゃあ早速どれくらい潜れるか確かめてみよう！」

「そうだね。せーので潜ろうか」

「うん！」

二人はタイミングを合わせて水中へと飛びこむ。水飛沫が上がり、目の前を大量の泡が通過していく。そうして、視界がクリアになった二人の前に広がったのは、透き通った青い水の世界と、水に侵食され遺跡と言っていいほどに古びて、ボロボロになってしまった建造物群だった。その周囲をモンスターでない小魚が泳いでいたり、様々な水草が揺らめいていたりする中に、ちらほらとモンスターの姿も見える。今すぐこちらに向かっては来ないようだが、注意は必要だろう。

「どう？　メイプル」

「わっ⁉　サリー？」

二人が今いるのは水中なのだが、サリーの方から自然に声が聞こえてくる。メイプルはしっかり確認していなかったものの、八層の潜水服は特別仕様なのだ。

「八層は見ての通りこんな感じだから、水中で快適に探索するために、意思疎通は取れるようになってるみたい」

「へぇー、そうだったんだ……何か不思議な感じだね」

「活動限界だけ気をつけて、ちょっと探索していこう。普段と違って移動も大変だしね」

声は聞こえるとはいえ、水中であることに変わりはないため、泳いで移動していくしかないのだ。

「少なくともこの辺りはこっちから攻撃しなければモンスターも襲ってこないみたいだから、まずは建物の中に入ってみよう」

「うん！」

すぐに浮上できないような場所には余裕のあるうちに入っておくべきだと言える。サリーが先導しつつ、水中に沈んでしまった建物の中へと入っていく。既に扉や窓ガラスはなくなっているため、たやすく侵入することができ、二人は早速内部を探索することにした。

部屋の中には家具などは既になく、かわりに水草やそこに棲む小魚や大きなシャコガイなどが見て取れた。

「宝箱っていう感じのはなさそう？」

「まだ水面から数メートルだからね。そういう本命は結構先かも」

「おおー、楽しみだね！」

「ま、そのためにも潜水服強化の素材集めが必要なんだけど……」

それらしいものはないかと、二人で水草を掻き分ける。

「サリー、こっち階段あるよ！」

「下りてみよっか。外から見た感じだと何かあっても窓とかから飛び出せそうだし」

沈みゆく中で上に増築を繰り返したという風になっているため、階段や窓、扉のあった場所などの配置は普通の家とは少し違う。どの階も水面が上昇すれば地上一階のような扱いになるのだから、出入り口や階段がいくつもあるのも不思議ではない。

二人が今いるのは一番最近水に沈んだと思われる階なため、まだまだ下へと部屋は続いている。

「うん！　もし、モンスターが出てきても大丈夫！」

「……毒攻撃だけはなしだからね？　ほら、水に溶けるかもしれないし」

「う、うん！　気をつける」

第二回イベントの巨大イカを倒したときのように水中に毒が広がってしまうと目も当てられない。サリーを含めてモンスターや一部プレイヤーなどを、無差別に毒殺することになってしまうだろう。そうなったときにメイプルには毒を回収する方法もないため、とんでもないことになる可能性があるのだ。

使うなら即効性があり辺りを汚染する危険もない【パラライズシャウト】にとどめておくのが吉である。

気をつけていれば特に問題が発生することもなく、二人は強化素材らしきものを探してより深くへと潜っていく。潜水服が初期状態でも建物一つの探索くらいなら支障はなく、何階か下りたところで二人は水草の中にキラキラと光る何かを見つけた。それは光が当たって輝いているというよりは、分かりやすいようにエフェクトがつけられているといった風である。

「サリー、何かあるよ！」

泳ぐというよりはそのまま歩いて近づいたメイプルが伸びた水草を掻き分けるとそこにあったのは青く輝く球体と、機械の部品といえるようなネジやボルトだった。

「素材っぽいのと……何だろう？」

「全部そうなんじゃないかな？　ほら、前のイベントの時のドロップの中にも水の塊とかあったし」

サリーは取得をメイプルに譲ると、手に入れたアイテムが何なのか二人で確認する。

「お、やっぱり全部素材みたいだね」

「他のも見つけやすいように光ってるのかな？」

「そうなんじゃない？　まだ分からないけど、偶然光ってたって感じじゃないし。サクサク集めていけそうだね」

流石に数分に一度浮上というようなレベルでは、八層での探索にかかる時間が膨大すぎるため、潜水服は元がメイプルレベルでもかなりの活動時間と水中移動能力を与えてくれている。とはいえ、元々水中探索に向いていないことの影響は確かに出てもいるのだが。ともあれ、思っていたよりも早く素材が見つかったのは嬉しいことである。潜水服の性能が上がれば、影響も相対的に小さいものにはなるだろう。

「これならもう一個くらいはいけそう！」

「じゃあもう少し行こうか。溺れちゃわないように気をつけててね？」

「うん、八層はそれが一番大変かも」

気づいた時には溺れていましたではやりきれないというものである。そう考えると、やはりメイプルの一番の敵は溶岩然り水然り、地形なのかもしれなかった。


メイプルとサリーが二人水中探索をしている頃、別の場所へ向かっていたのはイズとカスミだった。【楓の木】の面々の中で【水泳】と【潜水】のスキルレベルが高いのは言うまでもなくサリーだが、次となると実はイズなのだ。カスミも同じくスキルを持っているため、この二人なら歩調を合わせて探索できると踏んだわけである。あとは残るクロム、カナデ、マイ、ユイの四人での探索となる。八層はフィールドの雰囲気が今までと全く違うため、普段とは異なるスキルが重要になってくる。

イズは素材集めを積極的にするため、長時間の探索が可能になるような潜水服を選び、カスミはサリーと同じような機動力に優れたタイプを選択した。

そんな二人もボートに乗ってどこまでも続く水面に漕ぎ出る。といっても、イズ特製のボートは漕ぐものではないのだが。

「……これは……エンジンを積んでる、のか？」

「正確にはそうじゃないけど、似たようなものよ。今までは使い所がほとんどなかったけれど、一つは作っておいてよかったわね」

水飛沫を上げて水面を爆走するそれは、見た目こそボートらしくはあるが、ジェットスキーといった方が正しいのかもしれない。

「操作にＤＥＸが必要だから、メイプルちゃんやマイちゃんユイちゃんは乗れないのが残念ね」

「八層も広い。皆がこれを使えれば快適になるかと思ったがそう上手くはいかないということか」

「まずは私が素材集めを頑張るわ。そうすれば、他の皆の効率も上がると思うの」

イズは素材をより多く手に入れることができるため、最初に素材集めに全力を出すことで、他のギルドメンバーの潜水服強化に素材を回すつもりなのだ。

「それは助かるな」

「その分、深い所からお宝をサルベージしてきてもらうわ。期待してるわよ」

浅瀬にいるモンスターは好戦的でないものがほとんどだが、最深部もそうだとは考えにくい。素材集めが重要な段階から、戦闘力が重要な段階にどこかで変わるはずなのだ。

そうなった時に、イズでは攻略が難しい部分があると言えるだろう。戦闘能力もあるとはいえ、基本は生産職なのである。

イズはしばらく走ったところでジェットスキーを停止させた。

浅瀬は基本的に町の近くに広がっているが、フィールドのあちこちにポツポツと点在してもいる。わざわざそんな遠出をせずとも町の近くで探索していればいいのだから、二人が今いる場所には他のプレイヤーは全くいない。

「ここならのんびり探索できるわね。素材もきっと取り放題よ」

「ああ、採取は任せる。私はモンスターの相手をする。町から遠い分強くなっているだろうからな」

　適切なスキルを持たないカスミが採取するよりもイズが採取した方が効率がいい。カスミは今回イズの護衛というわけだ。

「じゃあ早速潜るわよ！」

「ああ、問題ない」

　二人は潜水服を身に纏うとジェットスキーから降りて、水中に飛び込む。すると、町から離れた場所にある浅瀬エリアがどういったものなのかをすぐに理解することができた。

「なるほど……そういうことだったか」

「ここは元は山だったのね」

　水中に広がるのは傾斜のついた岩肌だった。水面に少し足場となって飛び出ていたのは本来山頂だった部分という訳だ。

「じっくり探索すれば洞窟か何かがあってもおかしくない」

「そうね。ダンジョンの一つくらいありそうだわ。といっても……きっと深い場所になるでしょうけど」

　潜水服が適正レベルに強化されるまでは探索したくてもまともにできないのが現状である。

「でも楽しみね！　本当に皆の良い報告が期待できそうだわ」

今いる場所が山だったように、かつては平地だった場所や、元から水中だった場所もあるだろう。

このどこまでも続く水面の下には様々なダンジョンが未発見のまま眠っているのである。

「前人未踏の場所ってワクワクするじゃない？」

「一番乗りするためにはコツコツやるしかないか」

「ええ、もちろん。あっ、早速鉱石が取れそうな場所があるわ」

イズはピッケルを取り出すと、カスミにも分かるように指差す。いつまでも話していても素材は集まらない。採取ポイントは山肌にいくつか見えており、メイプル達が見つけたように光っている場所もある。

「周りのモンスターは私が倒そう。イズは採掘に専念してくれればいい」

「助かるわ。じゃあ、お言葉に甘えて」

イズが泳いでいくと、それに合わせて周りにいる大型の魚が一斉に向きを変える。

「【武者の腕】」

カスミがスキルを発動するといつも通り両側に巨大な刀を持った腕が出現する。そのままグンと加速したカスミはイズの隣につけると、さらにスキルを発動して刀を振るった。

「【血刀】」

複数体を攻撃するならこのスキルだと、刀を液体状にして一気に横薙ぎにする。

「よし、水中でも問題なしだ」

メイプルの毒のように水に溶け出してしまうことなく、思った通りの軌道を描いた刀は、群がってきた魚達を一気に斬り裂いていく。思い通りに攻撃できるのであれば、水中ならではの挙動を生かすこともできる。

カスミはそのまま上へと泳ぐとそこで止まって下方向へ鞭のように液体の刀を振るう。上を取れば死角から接近されることもない。地上なら一瞬しか留まっていられない有利なポジションを維持して、突進してくる魚達を一方的に攻撃する。

「【武者の腕】は不要だったか」

次々に消滅していく魚を見届け、辺りに平穏が訪れたことを確認してイズの側まで戻っていく。

「ありがとうカスミ。水中でも爆弾は使えるんだけど、威力が落ちちゃうのよね」

イズの咄嗟の攻撃手段は主に爆弾になる。それが有効でないため、なおさら戦闘は避けたいのだ。

「安心してくれていい。水面近くのモンスターに後れをとることはなさそうだ」

「頼もしいわね」

そう言ってイズはピッケルで採取ポイントを叩く。そうして採取すると、鉱石に交じって、特別な素材である潜水服強化のパーツもレア素材として手に入った。当然これにも獲得数増加のスキルは効いており、光っている場所を探索するよりも効率がいいくらいである。

「すごいな……流石、専門といったところか」

「任せて。皆の分まで集めちゃうわ！」

こうして宣言通りのことができてしまうのも、採取や製作のスキルレベルアップに時間をかけてきたイズだからこそである。

「私は水中での動きに慣れておくとしよう」

「それがいいわ。咄嗟にするべき動きも地上とは全然違うものね」

敵が積極的に三次元的な動きをしてくるのが水中戦の難しいところである。今は突進攻撃程度で済んでいるが、遠くない未来、スキルを使ってくることもあるだろう。戦い方のコツは掴んでおく必要があるというわけだ。

「私もイズもまだ当分水中で活動できる。深さの限界まで探索してまわろう」

「そうね。もしかしたら早速何か見つかるかもしれないわ」

そうして二人はかつて山だった場所でしばらく採取を続けることにした。


イズ達がジェットスキーで移動していることなど知る由もなく、残る四人はメイプル達と同じく町の近くを探索していた。と言っても、沈んだ建物が多いエリアではなく砂の地面が続いている場所である。ただ、ここもイズ達が向かった先と同様に見えなくなるほど深くまで傾斜が続いており、砂浜というよりは山の斜面といった風である。

「よし、ここなら奇襲のしようもないな」

「そうだね、開けている分モンスターは結構いるけど、分かってれば対応できそうかな」

このチームには何をされても一撃死してしまうマイとユイがいるうえ、四人とも泳ぎが得意でないのもあり、水中探索にはかなり不向きなのだ。そのため、やりやすい地形を吟味したのである。

「ここなら二人の言う安全策も取れるしな。じゃあ早速潜ってみるか！」

「「はいっ！」」

この四人はいまさら機動力を求めても仕方がないため、それぞれ水中での活動時間を伸ばすことができるタイプの潜水服を選択した。二人、つまりマイとユイの言う安全策とやらを実行しつつ、四人は水中を沈んでいく。

「……よかったよ。渦でも出来たらどうしようかと」

「そういう設定にはなってないみたいだね。じゃないと水中で武器なんて振れないし」

マイとユイの策、それは最近二人がフィールドを歩いて行く時によく行っているものである。『救いの手』によって追加された六本の大槌を体の周りで回転させることで、近づいてきたモンスター全てを自動的に木っ端微塵にするというものだ。

これはプレイヤーにこそ通じないものの、ただ突撃してくるモンスターには凄まじく効果的である。クロムは一人、掲示板で話されていた「黒と白の塊」とはまさにこれのことだと理解する。

「ぶつからないようにちょっと離れてないとな」

「うん、当たったら死ぬ……なんてことはないけど。味方でも跳ね飛ばされることに変わりはない

からね」

ダメージはなくとも、そのまま勢いよく吹き飛んでいくのは確定である。かつてサリーがそれを利用してメイプルを弾として撃ち出したこともあったが、もし当たればそれの比ではない結果になってしまうだろう。

ともあれ、これによって無事に安全は確保することができた。それでもうまくすり抜けるようなモンスターにはクロムとカナデが目を光らせているため、万が一のことがあっても安心である。

「俺達も採取するか……一応カバームーブの範囲内にはいてくれよー」

「「はいっ、分かりました！」」

マイとユイはパーツが手に届く位置まで大槌を回転させて突き進んでいく。クロムとカナデも衝突しないよう注意しつつ、周りの素材を集めることにした。

「今回はダンジョンまで一気に行くのは難しそうだし、早めに集めておかないとね」

「積み重ねってやつだな。地道な作業も嫌いじゃないぞ」

「うん、そんな感じするよ」

クロムの装備は地道な積み重ねの先に手に入ったものだと言えるため、カナデの考えも納得である。事実、今もクロムはどこか楽しそうにパーツを探しているのだから。

「しっかし水中探索はやってこなかったからなあ。慣れるのに時間かかりそうだ」

「僕らもあの二人を見習わないとね」

そう言うカナデの視線の先には水中でも地面を歩きながら、罪のないモンスターを巻き込んでいくマイとユイがいた。

「いや、あれは慣れとはちょっと違うような……」

「それはそうだね」

「次のイベントの時期次第では水中戦ってこともあるかもしれないしな、【水泳】のスキルも取っとくか……」

「それも大事かもね。八層にいれば自然とスキルが上がっていくんじゃないかな」

「それもそうだな」

話しながら素材を回収していると、マイとユイから声がかかる。

「クロムさーん！　もう少し先に行きたいです！」

「この辺りの分は拾えたので……」

「おう！　任せろ、ちゃんと警戒しとくからな」

「「ありがとうございます！」」

こうしてクロムはきっちりと距離感を保ちつつ、果たして守る必要があるのか怪しいくらいに立派に成長した二人についていくのだった。

こうしてそれぞれが探索を行い、パーツを集めたところで一旦ギルドホームに集合することとなった。

近場にいたメイプルとサリーが最初に到着し、次に着いたクロム達と成果を確認しあう。

「結構集まりました！　沈んだ建物の中を探索して、家一つにつき一個以上はパーツがある感じでした！」

「なるほどなあ、こっちは砂浜に落ちてる感じだったから見つけるのは簡単だったぞ。競合も激しいのがちょっと難点って感じだな」

四層のエリア開放にも似ているため、今回各個人が集めた分だけではさらに深くまで潜れるようにはならないようだった。クロムの言うようにコツコツ集めていく必要があるわけである。

と、ここでようやく明らかに場違いなボート風ジェットスキーに乗ってイズとカスミがギルドホームの前に到着した。

「あら、私達が一番遅かったのね」

「か、かなり飛ばしていたんだがな」

「……窓の外に見えたあれは？」

「勿論ボートよ」

「また妙なもの作ってたな……」

「クロムが乗るには、ちょっとＤＥＸが足りないかもしれないわね」

「乗らねえよ、ひっくり返りそうだ」

「えっと、話すのはこれくらいにしておいて……私達はかなり多くパーツを集めてきたわよ！」

「ああ、本当にかなり多くだ」

そうしてイズが見せたパーツの量は、他のメンバーが集めた分全てを上回るものだった。

「おおー！　さすがイズさん！」

「すごいですね……この短時間でこれだけ集められるなら……」

「遠出したのもあって私達しかいなかったの。あとは、やっぱり町から離れている方が一回の採取で手に入るパーツの量も多いみたいよ」

町から離れるほど拠点が遠くなるわけで、それに合わせてモンスターも強くなっていたりする。であれば、得られる報酬が多いのも当然と言えるだろう。

「遠くの浅瀬か……」

「浅瀬っていうより山だったわ」

「恐らく、普通の地面にあたる部分が遥か底に存在しているのだと思う。私達が今いるのは今までの層で言うと山の頂上辺りだ」

「サルベージできるお宝ってのも一番底にあると考えるのが妥当だな」

「あと数回今日くらいの時間、全員で採取に出れば一人分の潜水服ならより深くまで潜れるようにできると思うわ」

潜水服の強化にもいくつか種類がある。能力値に補正をかけたり、活動可能時間を伸ばしたりといったものだ。その中により深くまで潜れるようになる強化も存在する。その強化一本に絞り、かつ全員のリソースを注ぎ込めば問題なく潜水服を強化できるだろうとのことである。

「浅瀬で皆で探索していても良いけれど、より先を早めに見ておきたいじゃない？」

「それは、そうだな」

となれば誰にリソースを集中させるかだが、そこで適任となる人物には全員心当たりがあるようで、ちらっとそちらを向く。

「私……ですか？」

「うん！　私はそうするならサリーがいいと思うなあ」

話を切り出したイズを含め、残りの全員がメイプルと同じ考えだったようで、特にこれに異議を唱えるものはいなかった。

「水中探索能力も高いし、個人戦闘も得意だ。適任と言えるだろうな」

「……分かりました。全員分のパーツを一旦もらっていいなら、その分探索してきます」

サリーに問題がないのなら、【楓の木】の方針は決まったと言える。まず先行してより深い場所へサリーを送り、そこでより多くのパーツを手に入れることができたりすれば、それはまたギルドメンバーの利益になる。危険な場所にはより良いものが眠っているものだ。

「えへへ、責任重大だよサリー」

「任せて、ちゃんと成果を掴みとってくるよ」

「それにギルドホームの下の階も早めに見たいしな」

「そうだね。あそこも潜水服を強化していかないと入れないみたいだし」

「ギルドホームの一部が入れないなんて初めてですし！」

「一体何があるんでしょう……？」

八層の攻略はまだまだ始まったばかりであり、分からないことの方が多い。それでも、少しでも早くまだ見ぬお宝を発見するためにメイプル達は動き出したのだった。


それから数日。イズの見立て通り、サリーの分のパーツは集まって一段階深くまで潜っても制限なく活動できるようになった。計画していたようにサリーの潜水服を強化すると、早速ギルドホームの一角へと向かう。

「じゃあちょっと見てきます。一応、町の中なのでモンスターは出ないと思いますけど」

それでも今までになかった仕様なため、警戒しておくに越したことはない。

サリーは一つ深呼吸をすると、水中へ続く階段を下りていく。そこはパーツ集めの時に探索したのと同じような見た目の部屋になっており、複数の部屋につながっているようだった。

サリーが片手にダガーを持ちつつ、安全を確認しながら進むと、そのうちの一部屋に石でできた棚と、そこに並べられた板があった。

「本……だと水中に置けないから石板ってことかな？」

石板にも、より古いものから比較的新しいものまであり、そこには水面が上昇し始めたことや、どこから水が噴き出したかなど、この層の成り立ちが書き連ねられていた。

「この、水が噴き出した場所がダンジョンになってたりしそうだね。こっちは……記号？」

記号の羅列になっているだけの石板などもいくつかあり、サリーには現状その意図が汲み取れない。ただ、こうして部屋を見ていくうちいくつか見つかったかつての情報から何かがありそうな場所にあたりをつけることはできた。

「とりあえずこんな感じかな？　もっと深くは……今はいけないか」

いくつか階段を下りたところで再び侵入制限で止められてしまい、サリーは引き返すことにする。ギルドの下は段階に合わせてヒントが得られる場所のようだった。八層は今までと違い闇雲に探索するのは難しいため、ヒントが用意されていたというわけである。

町の中なだけあってモンスターはおらず、サリーはそのまま無事日常へと戻ってくることができた。

「どうだったサリー？」

「本の代わりに、石板があっていくつかダンジョンの場所のヒントっぽいのがあったかな。記号が並んでるだけで読めないのもあったけど、もしかしたら地図か何かだったのかも」

「なるほど。そのヒントを生かしてピンポイントで潜れということか」

「深い場所にあるダンジョンには最短ルートで行かないともたないだろうしなあ」

「ということで、メイプル達にも共有はしとくね」

サリーは撮っておいた写真を七人に送ると、今後の自分の方針を伝える。

「私の読みが当たっていれば、一段階深くなったところにダンジョンか、レアアイテムにつながるイベントがあると思うので、パーツを集めつつちょっと様子を見てきます」

「分かった！　気をつけてねサリー」

「うん、危なそうならすぐ撤退するよ。水中戦は難しいしね」

少し待てばギルドメンバーと共に探索できるようにもなる。もし危険そうなら、並のボスには手も足も出ないのだから、八人全員で向かうのがベストだ。

「集められるパーツの量が増えてることを期待しておくわ」

「そうなったら次の強化はイズだな。その方が結果的に早くなるだろ」

サリーが護衛につけるため、二番手なら問題ない。そして、探索の本番は潜水服を強化しきってからになるだろう。かつての地上まで到達するにはまだまだかかるのだ。

「じゃあ僕は、パーツ集めもするけど、町の方も散策しておくよ。水中にばかり目が向きがちだしね。何か見つかったら皆を呼ぶよ。僕一人じゃ戦闘は心もとないしね」

「そうか？　魔導書使えば結構……」

「ふふ、それはまだ貯めておきたいからさ。ま、何も見つからないかもしれないし期待しないで待っててよ」

カナデはそう言うが、何か単に散策するというだけでなく思うところがあるようだった。カナデが完全に無駄になってしまう行動をするとは考えにくいのだ。

ここからはそれぞれ基本的なパーツ集めはしつつ、レアアイテムやレアスキルの発見のため、より深い場所の探索を順次開始するのだった。

運営陣は、全域が水中になっているという今までとは全く違う雰囲気のフィールドが問題なく動いているのを改めて確認しつつ、ほっと一息ついていた。

「いやー、よかったよかった」

「プレイヤー達はどんな風に探索するでしょうね」

「うーん……予想通りに動いてくれると安心なんだが」

「……そんなこと今までにありましたか？」

「まあ、そうだよなあ……」

「そもそも今回はあちこちにお宝と称して単発イベントが大量に配置されているのに？」

八層は水面より遥か下、かつての地上まで向かって、イベントなりダンジョンなりに挑むことになる層だ。水中ということもあり、広いフィールドから一つのイベントを見つけ出すサルベージ的感覚を味わわせるため、イベントは多めに、しかし点々と配置されている。運や勘が悪ければ中々何も見つけられずに、浮上と潜水を繰り返すことになるだろう。

「結構とんでもないものも沈めましたね……」

「な、なに、誰が見つけるかは分からない……逆に見つけたものとの相性が良ければ一気に強くなることもある」

チャンスは平等である。あとは、誰が上手くスキルやアイテムに出会うかだ。

「どうでしょうねー。大規模ギルドはやっぱり動き出しも早いですし、色々見つけそうですが」

「人員も多いからな。多くのプレイヤーで潜ればその分見つける確率も高くなるし……」

「そのはず……なんですけどね」

どう考えてもそれに当てはまらない集団を一つ思い浮かべてしまうのは仕方のないことだろう。

「なーんで集まるんですかねえ」

「波長が合ってしまっているんだろうか」

「あのレアスキル博覧会……」

「【楓の木】のサルベージどうなるかなあ、程々で頼めないか？」

そんな希望的観測を口にしたところで、現実が突きつけられる。

「そもそももう、前回イベントの八層モンスター先行実装でアレ拾っちゃってますよ⁉」

「レアドロップとか遭遇確率が低いとか、そういうの影響ないみたいに拾ってくるんだもんなあ」

「運がいいとしか言えないですけど、もしこの調子で八層のレアドロップもかき集めていったら……」

「それはない！　流石にな」

「でも一つ二つなら……？」

自分達が言った通り、宝探しに適するように点々とレアイベント、レアスキル、レアアイテムは転がっている。それは今までの層よりも顕著だ。今までの層ですら引き寄せられるようにレアというレアに遭遇して回ったメイプルという存在のことを思うと、サルベージの結果がとんでもないことになる光景を想像してしまうのも無理はない。

「まあでもメイプルに限らず、見つけられるなら見つけてみろって感じだな！　潜水服はあるがそもそもどのプレイヤーも水中は不得手だろう。宝探しができるようになるのはまだ少し先だ」

「結構念入りに隠されているものも多いですからね。ヒントはあったりしますけど」

「宝探し感覚で楽しんでくれたら嬉しいよ」

「期待して見ていましょうか」

「ああ、プレイヤーの探索力を見せてもらおう」

こうして、多くのプレイヤーがそれぞれのイベントに出会うことを期待しつつ、どんと構えて、プレイヤー達が水中を開拓していくところを眺める運営陣なのだった。

皆の分のパーツを受け取ることによってより深く潜れるようになったサリーは、目星をつけている場所へボートを漕ぎ出していた。

「乗れそうならジェットスキー作ってもらおうかな」

ボートでの移動は七層での馬と比べてゆったりしており、サリーとしてはもう少しスピードが欲しいところではある。メイプルとのんびり探索している分にはこれでもいいのだが、効率を重視するとジェットスキーに分があり、イズの言う要求値だけＤＥＸがあるなら乗り換えたい。

「ま、次の機会かな」

ともあれ今はもうすぐ目的地である。ジェットスキーは一旦次の探索まで置いておいて、サリーは潜水服を身につけると早速水中へ飛び込んだ。水面下は岩ばかりになった山が連なっており、かつては尾根だったであろう景観が広がっている。ちょうど、サリーは空から山を見下ろしているような形になっているのだ。

「うわっ、思ったより大規模だなあ……ここのどこかにあると思うんだけど」

ギルドホームの地下で見た地図で印が付いていたのはちょうどこの場所だったのだ。実際現地まで来てみて、サリーは地形からして何かあるだろうと感じている。

「よし。探索しないことには始まらないし、潜ってみよう」

一通り上から観察したサリーは水を蹴ってより深くへ潜っていく。水面近くにはモンスターはいなかったものの、山肌に近くなってくると次々にその姿を見せ始めた。

「ここは好戦的みたいだね！」

サリーに向かって来るのは何匹ものサメだった。第九回イベントの際に似たような見た目のサメとは何度も戦ったものの、あの時は地上であり、サリーに有利な条件での戦闘だったと言える。今回は真逆、見覚えのある相手でも油断はできない。メイプルと共に安全に探索している間に、水中では使用感が変わってくるスキルも確認済みである。たとえば【氷柱】は、地面から氷の柱を伸ばすスキルなため、地面が見えないほど遠い今のような場所では使えないのだ。

と言っても、サリーの強さの本質はスキルにはないうえ、水中戦闘も比較的得意とするところであり、活動時間の制限にさえ気をつければ概ね問題ないだろう。

「はっ！　やあっ！」

水中でも分かりやすいよう少し色を変えて放たれるサメの水のブレスを回避すると、そのまますれ違うようにしてダガーで攻撃する。【剣ノ舞】で攻撃力を増加させ、さらに【追刃】【火童子】【水纏】により追加ダメージを与えられるようになった今では、ただの攻撃でさえ今の装備を手に入れる前にした水中戦とは比べ物にならない破壊力を持っているのだ。

「スキルの相性はそこまで良くないけど、結構効くね！」

水中では炎は効きにくいよう設定されており、水を操るモンスターに対して水も有効ではない。それでも予想以上に効いているのは【剣ノ舞】の攻撃力強化を最大にしてきているのが大きいだろう。条件が厳しい分上昇値は破格なのだ。

サリーはサメの間を縫うように泳ぎ、次々に葬り去っていく。ただブレスを放ってくるだけなら、サリーにとって水中であろうと問題はない。それなら、ユニーク装備を手に入れたダンジョンのボスの方が何倍も強かったというものである。

「これで……終わりっ！」

水を蹴ってグンと加速すると、残った最後のサメを斬り捨てて水中で静止する。

「【水操術】で水中移動してたりしたから思ったよりスムーズに動けるね」

メイプル達とは違い【水泳】も【潜水】も最大レベルであり、そのうえでイズの水中活動サポートアイテムと八層専用の潜水服まであるため、ユニーク装備を手に入れた時とは違い、時間制限はないようなものである。

水面まで真っ直ぐ戻れさえすれば溺れることはないだろうと踏んだサリーは、周りの雑魚モンスターが復活しないうちに一気に山肌に向かって潜水していく。

「よっ、と。ふぅ……さてと」

かつての山々からはすでに完全に動植物が消失しており、森に隠れていて見逃したというようなことはない。また、普段なら空中になっている場所を泳いで進むことができるため、ガンガンショートカットして探索することが普通になってくる。

「何かあるといいけど。ダンジョンとかね」

　そうしてサリーは山肌に沿ってさらに深くへと潜っていくのだった。


　岩陰に隠れて洞窟があったりしないかと、サリーは入念に探索を進める。潜水服を強化するのが早かったこと、他にも一段階深くなっている場所はいくつもあることもあって、周りにはプレイヤーは全くおらず、自分一人でイベントがありそうな場所を見つけなければならない。

　ギルドホームの地下で見つけた印は山々のあるこの場所を指しているだけで、より詳しい位置までは分からないのだ。サリーほどになれば何度も浮上する必要がないため、効率はいいがそれでも探索箇所は膨大である。

「本当に岩ばかりだし、何かあれば分かるかな」

　邪魔なモンスターを倒しつつ山々の間を泳ぎ回っていたサリーは、山の中腹辺りに深い亀裂が入っているのを見つけた。何かあるかと慎重に近づいていくと、どうやらより奥にまで続いているようで、目的とする印の場所に辿り着いたかもしれなかった。

「よし、一旦浮上……」

　サリーはすぐには亀裂の中に入らず、そのまま真っ直ぐ水面まで戻っていく。一度水中から出れば活動可能時間は元に戻るため、万全の状態で挑もうというわけだ。

「よし。一発クリア……狙ってみよう。意味があるかは分からないけどね」

今のところ周りにプレイヤーはいない。あの先がダンジョンだったとすれば、一番乗りである可能性もある。そう、狙うは二つ目のユニークシリーズだ。

サリーは大きく一つ深呼吸をすると時間をかけないように、そのまま一気に亀裂に向けて潜行する。水面からはすでにかなり離れているものの、快適な探索のため元々明るさが確保されており、亀裂の中も見通しがいい。

サリーは両側を岩壁に挟まれたままより深くへと向かっていく。水も透き通っており、先ほどまでと違いモンスターの姿も見えないため、注意していれば怪しい場所も見つけられるだろう。

「……あるね、色々と」

サリーがまず見つけたのは壁に開いた無数の穴である。どれかが本命となっているのであろうこと、そしてその先にはモンスターもいるであろうことを直感的に察し、集中力を高めつつ様子を探る。

「魚の住処になってるかな？」

ダガーを抜いて奇襲に備えつつ、一つ一つ穴の内部に入っていく。サリーの心配もよそに、それらの中にモンスターの気配は全くない。穴はしばらく奥まで続いているものや、すぐに行き止まってしまうもの、狭いものから広いものと様々であり、行き止まりに着く度に引き返しては次の穴へと潜るのを繰り返す。

モンスターがいないのであれば話は早いと、サリーはスピード重視で次から次へと突入しては辺りを探す。そうしてしばらくすると、ある穴の奥から青い光のようなものが一直線に向かってくるのが見え、サリーが素早く水を蹴り穴の正面から離脱するとそれに数瞬遅れてサメの放つブレスにも似た青い塊が通り過ぎていった。

「なんだ、結構分かりやすかったんだね」

今までとは明らかに違う反応、これが当たりに違いないと、サリーはもう一度慎重にその穴の奥の様子を窺う。

「モンスター……じゃない？　それとも奥に逃げたかな？」

変わらず透き通った水中、その先で何かが動く様子は特にない。しかし、敵対的な何かがいたことは間違いないため、朧の【神隠し】も考えつつ、内部へと入ることにした。

またサメかはたまた他の何かかと、気配を探りながら泳ぐサリーが見つけたのは意外なものである。

「何これ……機械？　魔法で動く何かみたいな感じかな？」

壁から少し突き出ていたのは微かな青い光を漂わせる銃のようなものである。侵入者用のトラップなのか、銃口らしき部分からは先程の光球が発射されたらしき痕跡を見て取ることができた。

「……結構すごいものが沈んでるのかもね。潜水服なんかもあるわけだし……これは持って帰れないか、残念」

水中に沈んでいるのはただ金銀財宝というわけではないのかもしれないとサリーは考える。八層の町はかつての町並みの上に成り立っているのだから、そこで生まれたあらゆるものが沈んでいるとしてもおかしくはない。

俄然楽しみになってきたと、サリーは横穴を奥へ進む。そうしていると、再び奥で青い光が輝き、今度は複数の光弾がサリーに向かって迫ってくる。しかし、避けられる余地があるうえに、来ることが早めに分かっているなら、今更それに当たるサリーではない。それは水中でも例外ではないのだ。

水中で姿勢を整えると、素早く体を捻って光弾を回避する。サリーの予想とは異なり、今まで水中にいたようなモンスターの影はなく、光弾による攻撃が続く中、他に何かないかとより奥を目指す。そうしているうち、細い通路状だった横穴はより大きな空間につながり、サリーは今までも何度か攻略した蟻の巣状のダンジョンだと把握した。

「……ガラクタかな？」

天井まで水に沈んだ空間、地上なら地面となる場所にはボロボロになった機械の部品が山積みになっていた。その中に紛れるようにして潜水服の強化素材もあったものの、基本的には獲得すらできないオブジェクトである。

水中での活動時間には余裕があるため、素材や装備など手に入るなら手に入るだけ持ち帰りたいサリーは、見逃しがないように錆びたパーツを退けてくまなく探索し、再び次の通路へと泳いでいく。

蟻の巣状になっていると予想したこの場所は、どうやら倉庫か廃棄場所か、何にせよ人工物の集まる場所だったようで、サリーの動きに合わせて、まだ生きている機械が反応して光弾を放ってくる。生き物がいないのはこれのせいかもしれないと考えつつ、潜水服のパーツを回収する。一段階深くなっているだけあって、集まるパーツの量も多く、これだけでもここに入ってきた価値はあると言える。現状モンスターのプレッシャーもなく、光弾もそこまで激しくはないため、時間をほとんど気にしなくていい今のサリーにとっては苦にはならない。

とはいえ、ここがダンジョンであり、ボス部屋前の扉が見えたなら話は別で、集中力を高め、一回で攻略することを目指さなければならないのだ。

ただ、サリーはそれを望んで入ってきている。必要なのは新たなスキルや装備であり、のんびりパーツ集めだけをしに来たのではないのだ。

「期待通りだといいんだけどね……！」

ボス部屋があることを願いつつ、サリーは飛び交う光弾を避けて最奥へ泳ぎ進めるのだった。

奥へ進むほど、水中に沈む壊れた機械は数を増し、それと同様にこちらを攻撃してくるものも増えていった。

サリーはそれらをきっちりと躱していたが、そうしているうち、光弾とは少し違う、ふわふわと水中に浮かぶ淡い光と遭遇する。正体は何かと警戒しつつゆっくりと接近していくと、淡い光はゆっくりと変形し大きな魚の形を取りサリーに対して勢いよく向かってきた。

「【ウィンドカッター】！」

素早く魔法で牽制するものの、風の刃は光でできた透けた体をそのまま通過してしまう。サリーは急いで回避を試み突進を避けるが、魚は再び向かってくる。今度はすれ違うようにしてダガーで斬りつけるが、手応えは全くなく、水中をダガーが通り抜けただけのように感じる。当然ダメージエフェクトもない。

ある程度体力や防御力があれば本当にモンスターなのかを確かめるために攻撃を受けることもできるが、サリーではそれはできない。そうして繰り返される突進を回避しつつ、どうしたものかと考えた結果一つの結論に達した。

「何か見つかるまでは避けながら行くしかないか……」

とりあえず現状は回避可能なレベルで留まっているため、一応何とかする方法を探すことも目的に加えて先に進むことにする。ただ、八層のモンスターと比べれば、突進以外の行動もなく単純であり、サリーには避けることを前提としているように感じられたのだ。

事実サリーほどの回避能力がなくとも、ここまでゲームを進めてきたプレイヤーならほとんどがこれくらいの攻撃は捌くことができるだろう。

「この感じだといよいよボスも変なのが出てきそうだなあ」

サリーは回避しながらどんどん泳ぎ進んでいく。止まって避けるのではなく、前に進みながら最低限の動きで避けているため、タイムロスもほとんどなく、ほとんどいないもの扱いである。

光弾を避けながらそれを行っているのは、流石にサリーゆえなのだと言えた。

この横穴はかなり特殊な作りになっているようで、自動的に攻撃してくるトラップと光でできた攻撃不可能な魚がいるばかりである。ダンジョンとして作られているというより、水中に沈み、打ち捨てられたものの集まった場所という風に思えて、サリーは進めば進むほどボスはいないかもしれないと感じ始める。

「うわ、増えた……」

今も攻撃し続けてきている実体のない魚は一匹ではないようで、目の前で光が形を成して新たに二匹の魚が周りを泳ぎ始めた。

「増えていくならギミック解除もできそうだけどね！」

モンスターにしてはどこまでもついてきすぎなため、十中八九何かしらのギミックなのだが、解除方法は未だ分からないままである。分からないものを気にしていても仕方ないため、変わらず攻撃を回避するしかない。加速と減速を上手く使って、直線的な攻撃をスイスイと回避する。水中であることの利点を生かし、上下も使って自在に回避する様は、光でできた魚よりもよっぽど魚らしいと言えるほどだった。

上昇と下降を繰り返して、広い空間の底に溜まった壊れたパーツをチェックし、今までと同じように潜水服のパーツを探すとともに、魚達をどうにかする方法がないかも調べるが、変わらず手がかりはない。

「オッケー、仕方ないか」

ならば最奥にたどり着くまで躱し切ってやろうと腹をくくって、サリーはもう一度強く水を蹴って加速するのだった。


それからしばらくして、横穴の中では大量の魚を引き連れたサリーが泳ぎ回っていた。もはや小魚の群れのようになってどこまでもついてくるため、流石にゆっくり探索どころではない。

「もう何匹いるか分かんないね……！」

数が少ないうちに消滅させる方法を探せるだけ探したものの、それらしいものは何もなかったのだ。潜水服が水中移動を強化していることもあり、回避はできているものの、サリーだからこそ何とか可能になっているだけである。

とはいえ、集中力も有限なため、サリーとしてもこの状況はよくない。さらに、ダガーで弾くこともできないため、回避の方法も限られているのが難易度をぐっと引き上げていた。

「隙間を作って、今！」

広い空間で周りを取り囲む実体のない魚群が突撃してきたことでできた隙間に体をねじ込んで、

その勢いのまま通路を駆け抜ける。通路は狭いため立ち止まれば背後から突進してくる魚群を避けることは不可能だ。

　そうして高速で泳ぐ中、通路の奥から大量の光弾が飛来するのが見える。それは背後の魚群と同じように通路を埋めるほどの量で、あるのはそれぞれが発射された時間差から生まれたほんの少しの隙間だけだ。それでもサリーはそれで十分とばかりに減速なしで光弾の雨の中へ飛び込んでいく。

「ふぅっ……！」

　周りの景色の流れが遅く感じるほどに感覚を研ぎ澄ませて、ほんの僅かな判断ミスも許されない中で完璧に隙間を縫っていく。サリーから敢えて逸れていっているように、まるで最初から当たらないことが前提かのように、何十という光弾はその全てが背後に抜けていった。今までしてきたことを今回もやるだけだと、サリーは全てを避けて通路を泳ぎ切る。意思なき光弾に初被弾をくれてやるわけにはいかないのだ。

「よし、抜けた！」

　そうして通路を抜けた先、光弾が収まったところで、サリーの背丈を遥かに超える扉を視界に捉えることができた。

　それと同時に今までしつこく追ってきていた魚群も消滅して、水中に静寂が訪れる。目の前のそれはボス部屋を示す扉であり、つまりここが最奥ということになる。

「余裕は……うん、あるね」

水中における残りの活動可能時間を確認し、ある程度余裕を持って戦闘ができると判断したサリーはこのままボスを攻略することに決定した。

「初めて水中で戦った時よりは強くなれてると思うけどね」

この先に何が出てくるか。サリーは一度目を閉じて集中力を高めると、ゆっくり扉に近づき、開けると中を確認する。

中は球体になっており、全体が水に沈んでいて、今までと同じように古い部品や用途の分からない機械が大量に転がっている状態だった。しかし、現状ボスと思われる存在はどこにもいないように見える。

「入ってみないと分からないか……」

不意打ちに気をつけながらサリーが中へと入ると、がらくたの山の上に傾いて乗っていたモニターらしきものが淡い光を放ち始める。サリーがそれを見て身構えると同時に、積まれた機械を押しのけるようにして、道中で見た光弾発射装置が突き出てくる。

しかし、それは本命ではないようで、部屋の中心に強い光が発生し、形を作っていく。光が収まると同時に、矛を持ち、上半身が人で下半身が魚になっている男が実体化し、その上にボスのＨＰバーが表示されたことでサリーは気を引き締める。

「実体も生み出せるってすごい防衛システム」

ここまでたどり着いたが、それでもここからが本番である。装備のためにも、より大事な目的のためにもサリーは負けるわけにはいかないのだ。

サリーがダガーを持ち直したのを見て、ボスの方も矛を握り直し、それを円を描くように振ると、その軌道上に並ぶようにして非実体の魚が出現する。また、突き出てきた銃口も合わせて光を纏い始める。

この後どうなるかを察したところで、道中そうであったように魚群と光弾がサリーに対して襲いかかるのだった。


「それはもう慣れたよ！」

サリーは素早くその場から移動して両方を回避しにかかる。光弾も魚も向かってくるスピードは速いものの、動きは直線的で今いる場所に飛んでくる。広い場所であればそれなりの速度で大きく動き回っている限り当たる心配はほとんどないのだ。それもサリー程になればなおさらである。

本当に気をつけなければならないのは、避けるだけなのをやめて攻撃に転じる時と、他でもないボス本体の動きだ。

今までのボスがそうだったように今回もいくつかの攻撃パターンを持っていると考えられる。時間には余裕がある。大事なのは敵の攻撃を見極め、ダメージを受けずに反撃できる機会を探ることである。

飛び交う攻撃を避けつつ、じっと様子を窺っているとボスが動き出し、その手に持った矛を掲げ一気に振るった。今度は先程とは違い、召喚ではないようだが、サリーは直感的に何かを察して水を蹴って素早く移動する。そんなサリーのマフラーの端を掠(かす)めるようにして勢い良く何かが通過していく。

「水流……覚えてないとね」

そう、ボスが操っているのは水の流れ。持続時間は分からず、人一人なら容易に飲み込めるような太い水流が、球状のボス部屋を縦断するように発生したのだ。当然、巻き込まれた時に無事である保証はない。視認性も悪く、光弾を回避するため高速で泳ぐ必要がある現状では、発生した場所を覚える他ない。

「【水纏】！」

サリーは頭の中にボス部屋をイメージして、どこに水流が発生しているかを常に更新することで、自分が通るべきルートを構築すると、加速してボスに向かって急接近する。

水流が移動先を制限し、それがいつまで続くかどれだけ発生するか分からない以上、予定通り長い間観察に回るわけにもいかなくなったのだ。

飛び交う光弾をすり抜け、突進してくる魚群を潜り抜けて、最後にボスが迎撃とばかりに突き出してきた矛を片手のダガーで弾くと、その勢いのままに肩口を深く斬り裂く。これだけ飛翔(ひしょう)物があれば【剣ノ舞】は容易(たやす)くサリーを限界まで強化してくれる。その一撃は見た目よりも遥かに重く、HPバーが目に見えて減少する。

「ダメージも入るようになった……ねっ！」

斬りつけていったサリーを追いかけるように新たな水流が生み出されるが、体を捻り下側へ潜り込むようにして回避する。すると今度は非実体の魚をさらに追加するのが見えた。

「いいね、やる気出てきたよ！」

サリーはより集中力を高めると、大量の飛翔物に常に攻撃されながらも冷静にそれを捌いていく。

サリーの回避技術は最初から高かったものの、戦いを重ねるにつれてさらに研ぎ澄まされていっているのだ。

敵が生み出す全てを回避し、隙間を縫うようにして接近して攻撃する。

ヒットアンドアウェイのスタイルは変わらずとも与えるダメージも攻防の駆け引きもかつて水中戦でボスを倒した時とは比べものにならない。

「ふっ……やあっ！」

上下左右からの攻撃を回避し、ボスに斬りつける。サリーに比べればボスの動きは鈍く、その矛はサリーを捉えるには至らない。物量、環境、その全てがボスに有利に働いているが、それでも押されているのはボスの方だった。

ボスの手数は時間とともに増えていくものの、人一人分の隙間がある限りサリーは必ずそこに滑り込んでいく。

スキルを使用せずとも高いダメージが出るようになったことも元々少ないサリーの隙を減らして

いた。

　そうして攻防を繰り広げていくうち、部屋には水流があちこちに網の目のように張り巡らされ、ボスサイドであるが故にそれの影響を受けないで向かってこられる魚群と光弾が絶えずサリーを攻撃してくるようになった。状況は悪くなるばかりだが、それでもサリーの集中力は切れることはない。

「もう一回……！」

　サリーは攻撃の隙を突いて一気に水流の間をすり抜けるともう一度中央に陣取るボスを斬りに向かう。スキルは使わず、相手に見せる隙は最低限に抑えて。徹底したその行動にボスは攻撃がうまく通らず、何度目か分からない深手を負う。

　そうしてボスのＨＰが半分を割った所で、再び距離を取ったサリーは次の行動を警戒する。ボスの攻撃パターンに変化が訪れるとするならここだからだ。

「……！」

　サリーの予想通りボスの動きは変化した。光が集まり、新たな矛が実体化して二本になり、水流の中に光の塊が流れ始める。それにより水流の位置がはっきりしたものの喜ばしいことではないのをすぐに証明してくる。

　サリーが観察していると光の塊は突然水流を外れて飛び出してきたのだ。上体をそらすことで回避するが、それっきりでは無いようでまた別の水流の中へ入っていく。

「また嫌なことするね！」

流れる光の塊は不定期に射出されサリーを狙ってくるようだった。壁に設置された銃口から飛び出す光弾とは異なり、移動して様々な位置から攻撃してくる移動砲台である。それを避けるにはさらに神経をすり減らさなければならないだろう。

ただ、サリーは強化方向が順当なものだったことに安心してもいた。

避けられるうえに、二本の武器をいなせれば、やることは何も変わらないのだ。そして、サリーにはそれができるという自信がある。

サリーは再度水を蹴ってボスの方へと加速する。左右からは光弾、正面からは魚群、追加された分も合わせると針の穴を通すように隙間をくぐる必要がある。

「うん、もっとすごい弾幕知ってるよ」

サリーは誰にともなくそうこぼすと、一気に魚群の間を抜けていく。ボディコントロールには僅かなミスも許されないが、サリーにとって弾幕を避けるのはメイプルと二人戦う中で常にやってきたことなのだ。背後からの銃弾すら避けられるようになった今、正面からのものにぶつかるようなミスはしない。

本来僅かなはずの隙間はサリーにとって、確かに通ることができる安全なルートとして目に映っているのだ。

「何回やっても、同じだよ」

サリーはボスの懐に飛び込むと、素早くブレーキをかけて、振るわれる二本の矛を僅か数センチの距離で回避し、水中であることを生かして立体的な動きでボスの胸を貫く。

弾幕で捉えられない相手を、二本になっただけの矛でどうにかできる道理はないのだ。

今のサリーには行かなければならない場所がある。達しなければならない強さがある。そのために限界まで引き上げた集中力を生かしてなされる戦闘は今までのそれよりも遥かにどうしようもないものだ。

そのＨＰがなくなるまで、何度も何度も、ボスがするのと同じように標的へと真っ直ぐに向かっていく。より高い精度で、より殺傷力を持って。

「装備、スキル。置いていってよ」

光の雨のようになった弾幕の中を貫いて、青い影は変わらず真っ直ぐにボスへと到達すると、最後の一撃でその体を分かつのだった。


ボスの姿が光となって消滅するとともに、水流や魚群も消滅し、銃口も光弾を発射することはなくなった。サリーは体の力を抜いてリラックスし、高めていた集中力を通常の状態まで戻すと無事戦闘が終わったことに一安心する。

まだ水中での活動時間も問題ないため、落ち着いて辺りを見渡すと、最初に起動していたモニターらしきものが再び光を放つのが見えた。

またモンスターかと構えるサリーだったが、杞憂だったようで、その前に光が集まったかと思うと今回は宝箱が出現する。

「おー、何でも出せるんだね。もっと出してくれたりは……しないか」

近づいてコンコンと叩いてみるサリーだが、真っ暗になってしまったモニターは何も反応しないままである。今回この部屋にボスはいたものの、実のところ元凶はこの機械だったと言えるのかもしれない。

「さて、と。いいもの入っててよね！」

サリーが宝箱の蓋を開けると、そこには願っていたものが入っていた。

今サリーが使っているものより大きい片刃の短剣が一本。そして使い古された風に見える、ポケットやベルトがいくつもついたフード付きの灰色のコート。シンプルなチョーカーが一つに頑丈そうなズボンで全部のようだった。特徴的なのは装備の部分部分が光となって黄色いポリゴンを発生させていることである。これはボスがそうであったように出所が同じあのモニターだということを示すものなのだろう。

「さあどんな感じ？」

サリーは早速期待を持って装備の性能をチェックする。

『虚構のコート』
【ＡＧＩ＋30】【ＤＥＸ＋25】【破壊不能】
スキル　【偽装】

『無形の刃』
【ＳＴＲ＋50】【ＡＧＩ＋20】【破壊不能】
スキル　【変幻自在】

『非実体現出装置』
【ＤＥＸ＋20】【ＩＮＴ＋30】【ＭＰ＋50】【破壊不能】
スキル　【ホログラム】

『現の衣』
【ＡＧＩ＋40】【ＳＴＲ＋30】【ＤＥＸ＋20】【破壊不能】
スキル　【虚実反転】

【偽装】

スキル、魔法及び装備の名称、見た目を変更できる。実際の効果、能力は元のまま変化しない。


【変幻自在】

武器の種別を自由に変えられる。武器の扱いは短剣のままであり、使用可能なスキルもそれに準ずる。


【ホログラム】

一定時間以内に使用されたスキル、魔法と全く同じものを発動することができる。ただし、エフェクトが発生する以上の効果はない。

【虚実反転】

【ホログラム】等、ダメージを与えない、指定されたスキル一つを選択する。それによって生成されたものが、ダメージを与えるようになるが、かわりにそうでない攻撃でダメージを与えられなくなる。

効果時間十五秒。三十分後再使用可能。

「おおー、ステータスの上昇値もいいね。スキルは……面白そうだね」

サリーはスキルを改めて確認し直す。ユニークシリーズらしく尖（とが）った性能をしているこれらの装備は、スキルが全（すべ）てについているものの、そのほとんどは使用者を即座に強化するものとは言い難い。真っ当にダメージに影響するのは【虚実反転】だが、クールタイムからして一戦闘で使えるのは一回が限度だろう。さらに書き方からしてダメージを与えない補助スキルなどは対象外であることが察せられる。

それでも、そこには可能性がある。使えるスキルの幅が広がることがどういった意味を持つのかは、カナデを見ていれば分かるというものである。

うまく使えば、戦況をひっくり返すこともできるだろう。

「使い方次第って感じかな。ちょっと色々試してみないとね」

いくつかいい使い方を考えておかなければ、咄嗟に上手く使うことはできないだろう。メイプルのスキル群のようにただ発動させれば強いものとは少し訳が違うのだ。

ともあれ、新たな装備を手に入れたサリーは早速効果を少し試してみる。

「じゃあまずは……武器から」

サリーが【変幻自在】を発動させると手に持っていた短剣が光の集合体となり、一瞬の後実体化する。そうしてサリーの手に握られていたのは短剣ではなく身長ほどの長さがある槍だった。

「なるほどね……マイとユイのために他の武器を使ってたのが役に立つかも」

サリーはそのまま短剣を様々な武器に変更していく。大剣に斧、弓や盾、武器ごとにリーチが違い、当然勝手も違う。しかし、サリーはとても面白いものを見るようにコロコロとその手の中で武器を変えていく。戦闘中に好きに武器を入れ替えられるなら、そしてそれが十全に使えるとするなら、それは大きな脅威たり得るだろう。

また練習することが増えたわけだが、そういったことこそサリーは楽しく思うのである。

「他のはギルドホームに戻ってから見てみようかな。他の人からどんな風に見えるかとかも大事だしね」

サリーは一旦装備を元のユニークシリーズに戻すと、息が続くうちにダンジョンから出て水面へと戻っていくのだった。

ギルドホームに戻ってくると、ちょうどメイプルがイズに素材を受け渡しているところだった。

「あ、サリー！　おかえりー。深いところまで行ってたんでしょ？　どうだった？」

「ふふっ、ばっちり。まずはパーツだね」

そう言ってサリーは一段階深い場所で手に入れてきたパーツを受け渡す。

「うんうん、やっぱり量も増えてるわね。私もできるだけ頑張って皆をより深くまで行かせてあげないと」

一人で集めてきたにしては明らかに量が多いため、やはりいつも通り、より良い場所へより早く向かうことが大切になってくることが分かる。

「ダンジョン内部に結構な量落ちていたので、見つけたら入ってみるのがいいかもしれません」

「分かったわ。皆にも伝えておくわね」

「ダンジョン入ったの？　どうだった？」

「ふふふ、言ったでしょ？　ばっちりだって。見ててね……」

サリーは装備を変更するとその場でくるっとターンして二人にそれを見せる。

「おおー！　全然違う感じだね！　かっこいい！」

「いいわね。スキルも付いてるのかしら？」

「そう、スキル。スキルのこともあって戻ってきたんです。ちょうどよかった。メイプル、少し頼みたいことがあるんだけど」

「なになに？」

　サリーはスキルを使ってみたいことと他の人の手が必要なことを説明するとメイプルとイズを連れて訓練場へと歩いていく。

「メイプルのスキルなら特に分かりやすいかなって」

「……？」

「ふふ、気になるわね」

　そうして訓練場へとやってくると、サリーは早速言っていた頼みごとをする。

「じゃあちょっと離れてもらって……メイプル、試しに【毒竜】撃ってみてくれない？」

「わ、分かった！　えっと【毒竜】！」

　メイプルが壁に向かってスキルを放つと、いつも通りの毒の奔流が辺り一帯を毒沼に変化させていく。

「これでいい？」

「うん、じゃあメイプルそのまま盾を構えてこっち向いて」

「……？　うん、分かった」

　何が起こるかとイズが見守る中、メイプルはサリーの言う通りに盾を構える。

「いくよ。【毒竜】！」

　本来サリーから聞くはずのない声に合わせて大きな紫の魔法陣が展開される。

二人が目を丸くする中、メイプルに向かって先程と寸分違わぬ毒の奔流が迸る。それはメイプルが構えた盾に向かい、普通なら【悪食】に吸い込まれるはずだったが、そのまま盾をすり抜ける。

「うぇっ⁉　……え？」

驚いたメイプルだが、毒の塊はそのままメイプルの体も通り抜けて辺りの地面に散らばっていく。

どういうことかと首を傾げてサリーの方を見ると、サリーもこんな風になるのかと感心しているようだった。

「決まった時間内に使われたスキルの見た目だけ真似して撃てるスキル。完全に偽物だからダメージはないんだけどね」

命中して弾けるがダメージがない、ということとも違い、ダンジョン内の魚がそうであったように、【ホログラム】が生み出したものは触れることすらできないものなのだ。イズもサリーが生じさせた毒沼に触れてみるものの、手応えなくすり抜けるばかりである。ただ、眺めている分にはメイプルが作った本物の毒沼となんら変わりはない。

「へぇー、本当に私のと同じ感じだったよ！」

「相手を混乱させたりできるかも。今回の装備は全体的にＰｖＰ用って感じかな。モンスター相手に使ってもそこまで効果は大きくないかも」

「モンスターは悩んだり迷ったりしないものね。でも……また難しそうね。サリーちゃんなら上手く使えそうだけれど」

「あとはこうやってできた幻影を実体化させることもできる。基本一戦闘一回きりだけど」

「コピースキルのように使うこともできるのね」

「それ凄(すご)そうだね！　本当に【毒竜(ヒドラ)】が使えちゃうってことでしょ？」

「そそ、また今度連携に組み込んでみたいかな」

「うんうん！　他には他には？」

　実験が終わって近づいてきたメイプルは他にもスキルがあるのかと、目を輝かせながらサリーに聞く。

「この武器も面白いよ。見ててね」

　サリーの持っている武器が光に変わったかと思うと次々に種別を変えていく。

「あっ、これは幻じゃないんだね！」

「他の武器に変形できるって感じ。帰ってくる途中でちょっと試したけど戦闘中もいけるよ」

「適切な武器に変え続けられるのね。ああ、私もそんな武器が作れたらいいんだけれど……」

　ユニークシリーズ特有の尖った性能であり、イズでさえも作れないのであれば、現状鍛冶によって生み出すことはできないと考えられるだろう。

　これによって、他のプレイヤーには真似できない、見たことのない戦闘スタイルを取ることができると裏付けも取れた。

「これはギルドの皆といる時以外は使わないでおくつもり。誰(だれ)にも知られてなければ不意をつける可能性も上がるしね」

　短剣だと思っていたものが急に大剣になれば回避もかなり困難になる。予想していないことに反応するのは難しいのだ。

「で、もう一つあるんだけど」

「まだあるの⁉　すごーい！　どんなの？」

「いくよ？　【偽装】」

　サリーがそう言うとサリーの装備が光に包まれ、服装がいつもの青いコートとマフラーを纏(まと)ったものに変化する。

「【クイックチェンジ】みたいな感じ？」

「いや、変わってるのは見た目だけ。ほら」

　サリーはそう言って【変幻自在】によってダガーを変形させる。するとダガーのみ効果が切れて灰色の太刀(たち)が出現した。

「あらあら、そんな装備もあるのね！　作ってみたいわ……できるようにならないかしら」

「スキルとか魔法の名前とか見た目も変えられるから、たとえば……【ファイアボール】！」

　そう言うとサリーの手元に緑の魔法陣が展開され風の刃が訓練場の巻藁(まきわら)に向かって飛んでいく。

しかし、それは巻藁を斬り裂く事なく、着弾するとバシャンと水をまき散らした。

「？・？・？・？」

何がどうなっているか掴めていない様子のメイプルにサリーが説明する。

「今のは【ウォーターボール】のスキル名を【ファイアボール】にして、見た目を【ウィンドカッター】にしたってこと」

ごちゃごちゃと入れ替えているものの飛んでいるものは【ウォーターボール】なため、着弾した時に弾けたのは水だったというわけだ。

「な、なるほど」

「これも使いようによっては有利に働くと思うけど、私ももうちょっと慣れないと。使い道は思いついてるんだけど、今までとは違う頭の使い方するしね」

「あはは……私だと使いこなせなそうだけど、サリーならできると思う！」

「任せて。とりあえず次の対人戦までには色々慣れておくからさ」

「頼もしいわね。何か必要なものがあったら言ってくれれば用意するわ。探索も戦闘も、頑張ってね」

「「はい！」」

こうして手に入った新たな力を上手く使えるようになるため、サリーは他のプレイヤーに見つからないようにしつつ特訓をするのだった。

三章　防御特化と水中神殿。

それからしばらく。プレイヤー達が続々と一段階深いエリアへと進出していったことで、より快適に探索が可能になり、【楓の木】のメンバーも全員より深いところまで行けるようになっていた。

先行させて送り込んでいるため、サリーだけ進行状況が違うものの、概ね足並みは揃っている状況だ。

八層自体は広いものの行けるエリアの制限が厳しかったため、ここからが本番と言える。そんな中、カナデは町の外に出るでもなく、ギルドホームの下へと潜っていた。

モンスターもいないためスイスイと進むと、以前サリーが見つけた、ヒントが書かれた石板の所までやってくる。

「ここかな？」

サリーに写真は送ってもらっているが、特段行くのが難しい場所でもないため、潜水服を強化できた今、改めて自分の目で見にきたのだ。

カナデの目的はサリーが見ていた地図ではなく、よく分からない記号が書かれた石板の方である。

それを一つ一つ手にとって何やら頷きつつ確認していく。

「うんうん、ちゃんと見てみると間違いないね。結構しっかりとしたヒントっぽいなあ……」

サリーには謎の記号にしか見えなかったものは、カナデの目にはきっちりと文字に見えていた。今までもそうだったように、ゲーム上にいくつもちりばめられている隠し要素の一つ。図書館に通って、本という本を頭の中に叩き込んだカナデは、普通は読めないこれと同じ言語が今までの層にもあったことを知っていたのだ。

「んー、遊び心かと思ってたけど。役に立つこともあったんだね」

ただ、直接的なヒントを得ることができたのはこれが初めてである。これまで他のプレイヤーがフィールドに出ている時間も町の中、さらに言うなら図書館の中にいただけあるというわけだ。フィールドを駆け回るイベントやダンジョンと縁遠い分、頭を使うイベントには出会いやすい傾向にあるのだ。

「叡智の箱か……ようやくかな？　ふふ、駄目そうなら誰かにあげよっと」

読み取った単語を確認するように口にすると、カナデはスイッと泳いで地上部分に戻っていくと、目的地ができたようで、そこに向かってフィールドへボートを漕ぎだすのだった。

のんびりと水上を進んでいったカナデは、一段階深いエリアまでやってくると水中を確認する。真下は建造物が町と同じく屋根に積み上げるように建てられ、塔のようになったそれらが乱立している場所だった。すでにガラスがはまっていない窓や扉のない入り口からはモンスターの姿が見え、全部探索するとなると中々骨が折れると思われる。

「うーん、結構モンスターが多いなあ」

さてどうしたものかとカナデはいま持っている魔導書を思い出す。ソウに使わせれば威力こそ落ちるものの自分の魔導書がなくなることはないため、雑魚（ざこ）モンスターくらいならある程度やりたい放題にできる。

ただ、図書館にこもっていたことで今回のヒントは生かせたものの、当然その間にレベルは上がっていないため八層の基準と比べると低いのが実情であり、【神界書庫（アカシックレコード）】と【魔導書庫】を上手く使って戦闘をする必要はある。

「即死で一掃できれば簡単なんだけど……うん、倒せなかったら困るしシンプルにいこうか」

カナデは作戦を決めると、乗っているボートをしまってそのままドボンと着水し潜水に移る。

「ソウ【擬態】【迎撃魔術】！」

ソウはカナデの姿に変化すると、周りに四つの魔法陣を展開する。それはソウの動きに合わせて移動し、素早く泳いで接近してくるモンスターに対して光弾を放つ。威力と発射速度が共に優れたこのスキルは最低限の回避は行うものの、基本は真っ直（ます）ぐ迫ってくるモンスター達に強く、数には数で対抗できる。元々操作不要の迎撃システムなため、ソウが使っても問題なくその力を発揮するのもいい点だと言える。

「中は狭そうだし、モンスターも少ないかな？　っと【電撃槍】！」

ソウを中心に攻撃し、すり抜けてくるモンスターは【神界書庫(アカシックレコード)】の今日限りのスキルで対応する。

水中に雷が走り、カナデの手元に槍が出現し、投擲(とうてき)されると共に直撃したモンスターはもちろん、周囲も巻き込んでダメージを与えていく。

「いいね。魔導書も残しておこうかな」

隙も少なく、シンプルで使いやすいスキルなため、保管しておいて損はないだろう。【神界書庫(アカシックレコード)】を手に入れてからというもの、こうして溜(た)め込み続けた魔導書は浮かぶ本棚にずらっと並んでいる。

とはいえ、一回きりのものであることに変わりはない。だからこそ、ソウが仲間になり戦闘でこれらを気軽に使えるようになったのは大きなことだった。

「使うべき時が来たら、だね」

そうしてモンスターを蹴散(けち)らして最も高い建物の窓までやってきたカナデは、残り時間を確認しつつ中へと入る。カナデの水中での活動可能時間は特段長くはない。この高い建物を探索する中で溺(おぼ)れましたでは目も当てられないのだ。

「何回か潜ることになりそうだね。僕の予想だと……」

目的とするものが予想通りだったなら、それなりに時間を確保する必要はあるとカナデは考えているのだ。

進捗(しんちょく)次第でしばらくここに通うことになるかもしれないと思いつつ、カナデはモンスターの少ない建物内部を下へ進むこととした。

建造物は縦に長くなってこそいるものの、作り自体はそう複雑ではなく、積み木のようになった各建物に下へと続く階段ないし梯子（はしご）があり、そこを抜けていけば問題ない。何か見落とすことのないように、しかし活動時間に気を使って急ぎつつ各部屋の中を確認して下りていくと、ある程度進んだところで部屋の雰囲気が変わり始めた。

「おっと、そろそろ何か起こりそうだね」

壁や床の一部分に、カナデがここへ来る理由になった石板に書かれていたものと同じ文字が見られるようになったのだ。カナデは罠（わな）などないことを確かめつつ近づいてそれを解読する。

「なるほど……やっぱり隠し要素になってるんだ。前もそうだったしね」

これまで魔導書による戦闘スタイルを取っているプレイヤーを自分以外に見たことがないのは、このゲームにおいていくつものスキルがそうであるように、普通に探索をしているだけでは見つけられにくいスキルだからである。

そして、カナデのここでの目的はまさにその魔導書に関わるものだった。

以前【魔導書庫】を手に入れた時と同じように、実質的に【神界書庫（アカシックレコード）】を強化する何かがあると、今回のヒントはカナデに伝えているのだ。

カナデは記号の羅列で作られた、読める者には読めるヒントを誤読していないことを再確認して次の部屋へと進む。

そこもまた水中に沈み特に何の変哲もない、家具なども置かれていない空の部屋だが、カナデは迷いなく一つの壁に触れて魔法を発動する。

「ちょうどいいや【電撃槍】！」

放った電撃は壁一面に広がる。それを見守っていたカナデだったが、少しするとその壁が蜘蛛(くも)の巣(す)状に青く発光して、壁がゆっくりと左右に分かれて扉のように開いていく。

「よし。どうやら何かあるのは間違いないね」

面倒なヒントに、普通に眺めているだけでは気づかない仕掛け。カナデはそれらが何かを隠すためなのだと確信して、その先へと泳ぎを進める。

「次は……こっちだね」

カナデにしてみればでかでかと壁に直書きでヒントが載っているように見えるのだから、解読という関門さえ越えてしまえばそれほど難しいものではない。石造りの建物の壁や天井や床が開いた方向へ通常とは違う隠しルートで迷いなく進む。

カナデの頭の中にはここまでのルート解放の方法がきっちり頭の中に入っている。今回報酬を持って帰ることができずとも、次も問題なくここへ来ることができるだろう。

そうしてしばらく行った先、水面近くから見た景色(けしき)とここまで進んだ道のりから計算するに、およそ建物の最深部までやってきた所で今までと少し違う雰囲気の扉が目の前に現れた。水没して風化した建物とは異なり、綺麗なまま保たれているのが異質さを感じさせる。

「さ、どうかな。ボスではないみたいだけど」

警戒はしつつ扉に近づくと、それはゆっくりと勝手に開いていく。開いた扉の向こう側には明かりと立ち並ぶ本棚が見える。慎重に部屋へと入ると、そこは外の水中とは隔絶されているようで扉の位置を境に水がピタリと止まり、流れてこないようになっていた。

「そうか、じゃあ心配してたことも大丈夫かな。今回も楽しめるかも」

カナデはそう言って部屋の中を見渡して特殊なものがないことを確認すると、中央に置かれた台の前までやってくる。

そこにバラバラに置かれていたのは、大量の真っ白いパズルのピースだった。カナデは予想通りだとばかりにそれを一つ手にとってみる。

完成させることができれば、何かを得ることができるだろう。カナデにとってここが水中でなかったのは幸いだったと言える。何度も水面と往復する必要があるかもしれないと考えていたが、それがなくなったのであれば集中して完成を目指すだけだ。

一つ息を吐くと、置かれていた椅子に座ってピースを真剣な目で確認していく。一つ一つ型をそのまま頭に入れて、ピースを見ていくと、それがどれの隣にピタリと当てはまるのかが見えるようになってくる。

サリーの回避がそうであるように、真似しようにも真似できない方法でカナデはパズルを進めていく。

「ここにも何かヒントがあったりするかな？」

今いる部屋は壁が本棚に覆われている状態となっており、そこにはきっちり本が並んでいる。それに興味を持ったカナデは一旦パズルを置いておいて本棚から本を取り出しパラパラとめくる。

「ふーん……ギルドホームの地下にあった八層の話が詳しくなってる感じだね」

八層の設定となるものが書かれているものの、直球でダンジョンのヒントになるようなものはなく、カナデしか読めない文字も使われていない。ただ、今後出てきそうなモンスターやダンジョンについてほんの少し予想ができる程度に、情報が並んでいる。

めくって見てしまえば頭の中に入っているため、もう一度思い出すことはカナデにとって簡単なことだ。

それよりはむしろここまで来る方が大変なため、できるうちに内容を覚えてしまおうと全部の本を確認する。

「残念、そう簡単に次には繋がらないか……」

ほんの数十分で内容を全て把握すると改めてやりかけのパズルに手をつける。静かな部屋で、ピースをはめる小さな音だけが聞こえる中、指定された枠の中は白いピースで埋まっていく。

「これはもうやり方覚えちゃったなあ」

真っ白なピースなのもあって絵が完成していく楽しみもないため、少し退屈そうに残りのピースを埋めていく。

本来こんな風に着々と完成に向かうものではないのだが、カナデは違っているようだった。

やり方を覚えたというのは本当のようで、しばらくそうしてパズルに集中していたカナデは嘘(うそ)のようにあっさりと真っ白なパズルを完成させた。

「ふぅ……どうかな？」

ピースの入れ間違いも当然なく、変化を待つカナデの目の前でパズルは淡く光り始め、その上にカナデが持っているものと似たルービックキューブが出現する。

「うん、予想通り。よかった」

カナデがそれを手に取ると、それは【魔導書庫】の時と同じように【神界書庫(アカシックレコード)】と融合し一つになった。それを見て早速どんなスキルが手に入ったのか杖(つえ)を確認する。


【技能書庫】

ＭＰを使わないスキルを【技能書】として専用の【本棚】に保管できる。

保管されたスキルは【技能書】を使用するまで使用できない。


要は【魔導書庫】が保存できなかったスキル群を保存することができるようになったわけであり、下準備に時間さえかければ比類なき強さを発揮するだろう。

「皆にいい報告ができるね。今頃どうしてるかな？」

探索に向かっているであろう他のギルドメンバーの事を思い浮かべながら、カナデはこの部屋を後にする。今はもう概ね予想がついていたアイテムよりも、予想のつかないことをよく引き起こすギルドメンバー達に興味が向いており、他のメンバーが面白いものを見つけていないか楽しみにしているようだった。

そんなカナデがギルドホームまで戻ってくるとちょうどメイプルとサリーが話をしているところだった。

「あ、カナデ！　今日はどこか探索？」

「うん、さくっと行って終わらせてきたんだ」

そう言うとカナデは新たに手に入れた【技能書庫】について二人に教える。

「今度は何でもスキルを保管できる……それって自分の使ってない武器のものでも？」

「それは結局発動しないね。いや、ちょっと違うか……本は作れるし使うと消費もするんだけど、効果がない、かな？」

それだと発動してようがしてまいが関係ないとサリーは残念そうにする。カナデ曰く、この本棚を付け加えるルービックキューブは、【神界書庫】から一連の流れを持ってこそいるものの杖専用ではないらしい。取得時に武器のスキルに追加されるアイテムといった方が正しいだろう。

手に入れれば戦闘時の手札が増えるのは間違いない。

「と言ってもそもそもクリアできるか分からないけど。パズル得意？」

「ああ……そっかそうだったっけ」

ボスを倒す形式でなかったことも思い出して、サリーはいよいよ入手は難しいと考える。いかに戦闘に秀でていても、【技能書庫】は手に入らない。特段パズルが苦手というわけではないが、ミルクパズルをあっさり解いて戻ってくるような芸当はサリーには不可能だ。そもそも十全に使うには【神界書庫（アカシックレコード）】が必要でもあり、やはり基本は魔法使い向けのスキルだと言えた。

「僕がやってもいいけど」

「いや、そういうのは自分でやってこそだしね」

「ふふ、そっかそっか」

「ねぇねぇ潜ったら偶然見つかったの？」

「違うよ。ギルドホーム地下にはもう一つヒントがあってね……今までの層で図書館に行ってないと分からないんだけど」

カナデがそう言って二人に文字のことを教えると、二人はそんなものもあったのかと驚いた表情を見せた。

「これからは記号を見つけたらちゃんと写真くらいはとらないとね」

「うん！　そっかー、今まで行ったところにもあったのかな？」

「どうだろう。二人は僕より随分多くの場所を探索してるみたいだから、どこかにはあったかもね」

「今度からは見逃さないようにしないと！」

「あはは、じゃあメイプルとサリーも覚えていく？　文字として見えるようになったらきっと見逃さないよ」

そこまで作りは複雑ではないからと提案すると、二人はそれなら覚えてみたいと乗り気な姿勢を見せる。

「じゃあ簡単なところから行こう。数文字読めるだけでも違うはずだよ」

「……複雑じゃないってカナデ基準じゃないよね？」

「ええっ⁉　それだとかなり難しいんじゃ……」

「どうかな？」

悪戯(いたずら)っぽく笑うカナデは、こうして二人に自分が覚えたものを教えてあげるのだった。

そうしてしばらくギルドホームでカナデから新たな言語を教わっていた二人だったが、ある程度進んだところで今日は切り上げることとなった。

「どう？」

「な、なんとか？」

「教えられた分はね」

「各層の図書館にまとめられてるから、気が向いたら行って頑張ってみてよ」

カナデとしても本格的なヒントとして文字を見たのは八層が初であり、もしかすると八層には他にも文字の書かれた場所があるかもしれない。

覚えておいて損はないだろう。

「それらしいものを見つけたら僕にメッセージを送ってくれてもいいよ。判断できると思う」

「本当？　ありがとー！」

「もしかして、それなら覚えなくても大丈夫だったんじゃ……？」

「知らないものを知るのは楽しいよ？」

「それは否定しないけど」

「いい経験だったんじゃない」

「そう、だね。あんまりそういうのはしてこなかったかな？」

ゲームによっては創作の言語があるものももちろんあるが、解読まで要求するものはそう多くない。サリーがよくプレイするアクション要素の強いゲームとなれば尚更だ。

「じゃあ僕はまた町でも見て回るよ。今回は町の中も重要みたいだし」

「ギルドホームの地下みたいにヒントがあるかもしれないもんね！」

「うん、何か見つけたら連絡するよ。場所によっては僕一人じゃ厳しいからね」

「その時は言ってくれれば手伝うよ」

「私も！」

「今度はそっちからの面白い話を期待してるね」

「任せて！　色々探索してくるよ！」

カナデはそれを聞いて少し笑顔で頷(うなず)いて返すと、言った通りに町へとまた出て行った。


こうして残された二人はギルドホームで話の続きを始める。

「さて、と。どうする？　どこか探索にでも行こうかってことだったけど」

「カナデにもああ言ったし……行ってない場所を見にいく気分かも！」

「よし、じゃあマップを見て考えようか。外で景色(けしき)を見てっていうのは……判断しにくいしね」

八層は景観の変化に乏しく水中での活動時間に限界もあるため、二人もしていたように目星をつけてから向かうのが基本になる。

「どこかいい所ある？」

「んー……まずパーツ集めが必要なのもあって、皆探索はそこまで進んでないからまだまだ情報は少ないね」

「そっかー、大変だもんね。私も最近アップグレードしたところだし……」

「とはいえ、面白そうなところはあるよ」

「そうなの？」

「普通にダンジョンなんだけど、水中神殿って感じの建物の中を進むところ」

「おおー！　なんかすごそうだね！」

「モンスターは結構強いみたいだし、一回メイプルと一緒に戦いたかったんだ」

そう言ってサリーは手の中で新しく手に入れた短剣をくるくると回す。一番頻繁にコンビで戦う相手はメイプルだ。新たなスキルを用いた連携を試しておくのは悪くない。

「難しそうなスキルだったよね……」

「メイプルはいつも通り戦ってくれれば大丈夫！　こっちで合わせるよ。モンスター相手だとできることも限られるしさ」

モンスターは深く考えて読み違えるなどといったことはない。その分メイプルはそれを生かして有利を取れたりするのだが、いつも何もかも上手く働くわけではないのだ。

「おっけー！　じゃあ行ってみよー！」

「場所は私が知ってるから、アレに乗って行こうよ」

「……！　アレだね！」

楽しそうに目を輝かせているメイプルを連れて、ギルドホームから出て、フィールドと町の境まできたところで、サリーはインベントリからジェットスキーを取り出した。

勿論イズ作のそれはバシャンと音を立てて着水すると次第に安定していく。先にサリーが乗り込むと、手を差し出してメイプルをゆっくり後ろに乗せる。

「ちゃんと掴まっててよ？」

「うん！　私じゃ乗れないし楽しみー！」

メイプルではＤＥＸが全く足りないために操縦は不可能だがサリーなら問題ない。

「じゃあ行くよ！」

「分かった！」

メイプルが落ちないように掴まっているのを確認して発進するとスピードを上げていく。

「おおー！　はやいはやーい！」

「水上だと素早く移動するの大変だしね。イズさんには感謝しないと」

そうして水飛沫を上げながら、二人は目的地となる水中神殿へと向かっていくのだった。


しばらく水上を走り抜けて、マップを見ながら何もない地点でジェットスキーを止める。

「ここなの？」

「うん、潜って少し進んだ先に魔法陣があって転移するんだけど、その先は水中じゃなくなるらしいからちょうどいいかなって」

メイプルとマイとユイは極振りの都合上【水泳】や【潜水】を習得することができないため、こうして八層で泳いでいても潜水服のアシスト以上には水中での能力が強化されないのだ。

そのため、あまりにも時間がかかるダンジョンの攻略などは難しく、水中でないのはありがたいことだった。

「水の中じゃないんだ。不思議だね」

「カナデが行ったって話してた部屋みたいな感じ？　外と分かたれてて水が入ってこないんだって。ま、そこに行くまでは水の中だから」

「急げば大丈夫だよね」

「そそ、じゃあ行こう」

「うん！」

二人は潜水服を身に纏うと水中を真っ直ぐ潜っていく。

「サリーはこの辺りも結構来たの？」

「一応ね。でもかなり広いし、探索漏れはまだまだ多いかな。っと、メイプル来るよ！　貫通攻撃はない！」

サリーが指差した方向からは小魚の群れがこちらに向かって泳いでくるのが見えた。サリーが端的に必要な情報を伝えると、メイプルもやって欲しいことを理解する。貫通攻撃がなく、敵の数が多い時にはサリーよりメイプルだ。

「【身捧ぐ慈愛】！」

水中に光が溢れ、背中から白い翼が伸びる。円柱状に展開された薄く輝くフィールドに魚群が突撃してきて二人が包み込まれるものの、メイプルは勿論、守られているサリーもまたダメージは受

けないで済んだ。

「ありがとうメイプル。全部がモンスターってわけじゃないけどそれでもかなり多いからね」

「よかったー……わぁ、中から見るとこんな感じなんだ……」

実際は二人を激しく攻撃しているのだが、メイプルがいれば魚群の中で一緒に泳いでいるのと変わらない光景を見ることができる。

二人を包む魚群は日の光を反射してキラキラと鱗が輝いており、大群に包まれているため柱のようになって下まで続いている。

「中に入れるのはメイプルくらいだろうしね。ダメージもないならこのまま放っておいてもいいんじゃない？　綺麗だしさ」

「うん！　一匹くらい掴めたりしないかな……？」

「メイプルのステータスだと……どうだろう？　関係ないかな？」

メイプルは周りをぐるぐると回っている魚群に手を伸ばしてみるものの、ベチベチとぶつかって弾けるばかりで上手く掴むことができないまま水底へと沈んでいく。

「むぅ、駄目そう」

「結構沈んだしそろそろ……」

サリーがそう言ったのとほぼ同時、行動範囲から外れてしまったために魚群は散り散りになって水面の方へ戻っていってしまう。

「あっ！　そっか、戻っちゃうんだね」

「私一人だと見れない景色だったなあ」

「ふふふ、よかった？」

「うん、偶然だったけどね。で、本命の……」

「水中神殿だね！」

　メイプルが遅れないよう手を引いて泳ぐサリーは、水底にある倒壊した建物の方へ向かう。残骸になってしまったかつての町並みの中を泳いで進んでいくと、ボロボロの太い柱が積み重なった神殿跡が見えてくる。もう既に魚や貝などの住処になってしまっている場所だが、柱の隙間からは魔法陣の放つ光が漏れ出ているのが見えた。

「あれかな？」

「うん、合ってるよ」

「これだと上から見ただけじゃ気づけないね」

「今後探索するときはちょっと珍しい地形を目安にするといいよ。あとはノーヒントで探すならある程度潜るといいかもね」

　今回で言うなら魔法陣は見つけられずとも、水没した町並みなら遠くから見つけやすい。水面は今までの層で言う空中に位置するため、サリーの言うように潜ってみるのも大事になる。

「っと、あんまり話しててもだし、早速入ってみよう。隙間を通っていくみたい」

「そんな入り方でいいんだ⁉」

二人は倒れた柱の隙間をすり抜けて、奥に見える魔法陣へと向かう。幸いにも水中なため、上下の動きは楽になっており、メイプルでも障害物を越えるのに苦労することはなかった。

「じゃあせーので入ろう！」

「いいよ。いつでもどうぞ」

「よしっ、せーの！」

魔法陣に足を乗せた瞬間、いつもと同じように体が光に包まれていき、二人は神殿内部へと転移した。

光が収まり、辺りの景色が見えるようになるとメイプルはキョロキョロと周囲の状況を確認する。

二人がいるのは淡く青い石材を中心に作り上げられた広い空間だった。壁には様々な位置に別の部屋へと続く通路になっていると思われる穴が開いており、階段や水路が張り巡らされている。正解のルートを探すのも一苦労だろう。

二人は一旦潜水服を脱ぐと、さてどっちに行ったものかと相談を始める。

「どうする？　サリーはどっちに行ったらいいかは知ってるの？」

「そこまでは知らないかな。所々分かるところもあるけど」

「じゃあ一つ一つ探検だね！」

「そうなるね。さあ、どっちに行く？」

通路はあちこちに伸びており、行けるルートは多い。さらに二人の場合はそれすら無視した空中移動も可能なため、選択肢は無限大である。

ただ、二人は今回の所はシロップやサリーの糸を使っての空中移動はしないことにした。今回のダンジョンはぱっと見たときに順路が分かりにくく、変にショートカットをすると、解くべきギミックなどがあったときにスルーしやすくなるためだ。そうなると結局戻る必要が出てきてしまうので、最初から用意された通りに進もうというわけである。

方針を決定した二人はまずは真っ直ぐ伸びる道を歩いていく。

「ここのモンスターって強いんだっけ？」

「うん、基礎ステータスが高くて隙がない感じらしいよ……って言ってたら早速出てきたね」

二人が進もうとしていた通路の先、床に青い魔法陣が展開され、そこから水の柱が発生する。そうしてできた水の柱を掻き分けて、無機質な石材をベースにパーツを水で繋ぎ合わせたゴーレムが二体姿を現す。

「神殿の衛兵ってところかな」

「おおー、守ってるんだね」

「じゃあやってみよう。【クイックチェンジ】」

サリーが覚えてきたスキルを発動するといつもの見慣れた青い装備から、灰色を基調とし所々黄色いポリゴンが発生している新たなユニークシリーズに装備が切り替わる。

「守りは任せて！　色々試して大丈夫！」

メイプルは盾を構えつつ【身捧ぐ慈愛】を発動し、万が一を防いでサリーを支援する態勢を整える。

「よし、行くよ」

「後ろから撃つのは任せて！　【全武装展開】！」

メイプルが兵器を展開したのを確認してサリーは一気に前に飛び出す。それに反応してゴーレム達も距離を詰めてきたかと思うと、パーツが水で繋がれている特性を生かして、両腕を鞭のようにしならせて勢いよく伸ばしてきた。

「わっ！　伸びるんだ!?」

「大丈夫！」

サリーを圧倒的に上回るリーチ、それも二体からの攻撃だが、サリーは足を止めずに真っ直ぐ向かっていく。一つ目の腕を身を屈めつつ短剣で弾くと、武器を槍へと変形させ、地面に突き立て支柱にして飛び上がり、素早く短剣に戻す事で二つ目を躱す。

「おおー！」

メイプルが後ろで歓声を上げる中着地して、タイミングを遅らせて襲いかかってきたもう一体のゴーレムの腕に対処する。

「ふぅっ……！」

メイプルの防御もある。試せることは試しておこうと、サリーは武器を大剣に切り替え、そのまま振り下ろしてゴーレムの腕を叩(たた)き斬ると、次の腕を大盾にして受け流し、武器を元に戻して前にステップする。

「はぁっ！」

メイプルの援護射撃ももらいながら、腕の間をすり抜けて斬撃を叩き込む。

今まで短剣では受け止められなかった攻撃も巨大な大剣や大盾なら安全に対処できる。

サリーはそのままゴーレムの背後に抜けると体を回転させ、その勢いのままに大剣で横薙(よこな)ぎの攻撃を叩き込み、バックステップで距離を空ける。

短剣と比べて遥(はる)かに長いリーチは今まではできなかった二体同時攻撃を可能にしたのだ。

怯(ひる)むゴーレム二体をメイプルとサリーで挟んだ結果、一体はメイプルの方に一体はサリーの方に向かって攻撃を始める。

ゴーレムの中心が青く光ったかと思うと、水がレーザーのように勢いよく放たれる。

「わっ⁉　だ、大丈夫！　効かないよ！」

メイプルはサリーの動きを見ていたため、反応できず胴体でそれを受け止めることになったが、ダメージはない。むしろお返しとばかりに放たれたメイプルのレーザーがゴーレムを焼き払っていく。逆サイドのサリーもメイプルの【身捧ぐ慈愛】に頼ることなく回避に成功し、一旦は開いた距離を再び詰めにかかる。

「メイプル！　左手展開お願い！」

「分かった！　【展開・左手】！」

メイプルがスキルを発動したのを見て、サリーは水流を避けた勢いのまま、空中へと【跳躍】によって飛び上がりゴーレムの真上をとって左手を下へ向ける。

「【展開・左手】」

サリーがそう宣言すると首のチョーカーが光り、サリーの左手にメイプルのものと同じ巨大な黒い砲身が出現する。

「【攻撃開始】【虚実反転】！」

サリーの発声に合わせてチャージされた真紅のレーザーは、真下のゴーレム二体を飲み込み焼き尽くす。

現実のものとなったそれは、サリーもよく知る威力でもって、メイプルが弾幕によって削った残りのＨＰを刈り取る。隣でずっと見てきたスキルなだけあってダメージ計算も完璧だった。

ゴーレムが跡形もなく吹き飛んだ通路に着地すると、役目を終えた左手の兵器は黄色いポリゴンになって消えていく。

そうして上手くいったとほっと一つ息を吐くサリーの元にメイプルが駆け寄ってきた。

「サリー！　すごいねー！」

「でしょ。って言ってもしっかり戦ったのは今回が最初なんだけどね」

「うん！　どんどん武器が変わっていって、全部上手（うま）く使えてるし」

「他のゲームで別の武器使ったりもしてたしね。このゲームでもマイとユイの特訓でやってたし」

サリーは軽く言ってのけるが、簡単にできる事ではない。実際メイプルは大盾の扱い方もまだまだな部分があるのだ。一つに絞っても上手く使いこなすには時間がかかるのが当然である。

「対人戦があるまではこの武器の変形は隠しておこうと思ってる。突然リーチが伸びたらびっくりするでしょ？」

「うん、すると思う」

「それはそれとして練習もしておかないとね。大きい武器は大振りになって隙も大きくなりがちだから」

　扱い自体は短剣なため、それらの弱点をカバーする武器ごとの専用スキルは取得できない。上手く使わなければ、デメリットをそのまま受けたうえで、短剣の手数の多さと小回りが利くことを生かしたスキル群が腐ってしまうことになるだろう。

「最後の【虚実反転】はクールタイムがかなり長いから次に試すにはまた時間がかかるけど、見た通り使ったスキルをその時だけ本物にする感じ」

「うんうん。でも、左手だけでよかったの？　全部使っても大丈夫だよ？」

「私は脆（もろ）いから反撃を受けた時に身動きが取りにくい全武装展開は危ないかなって。体を捻（ひね）って躱すとか難しくなるしね」

「そっか、それもそうだね」

棒立ちで弾幕を張ることができるのもメイプルの防御性能あってこそである。サリーの場合、反撃で魔法一つでもその身に届いた時点で死んでしまうのだ。

「じゃあ今度からは一部分だけっていうのも使っていこうかな」

「そうしてくれると使いやすいね。誰かが使ったスキルしか【ホログラム】で再現できないから」

「おっけー！　じゃあどんどん進んで行こー！」

まだまだ神殿の中に入ったばかりなわけで、二人は奥を目指して再び歩き始めたのだった。


水の流れる音を聞きながら、二人は神殿内部を進んでいく。戦闘はメイプルが守りを固め、サリーが接近戦を行う布陣だ。ユニークシリーズによってステータスは上昇しているものの、手に入れたスキルの都合上、モンスター相手となると与えるダメージに大きな変化はない。

「サリーすごいね、本当にいろんな武器を上手く使えるし」

「こればっかりは積み重ねかな……でも戦い方は人それぞれだと思うよ。得意なやり方があればそれでいいんじゃない？」

サリーは自分の得意分野が何か理解していたこともあり、今のような戦闘スタイルになったが、メイプルもそうであるとは言えないのだ。

幸いにもこのゲームはプレイヤーの技量でも、スキルの強さでも戦うことができる。それならメイプルは後者で戦うだけだ。

「メイプルは私より強力なスキルがあるし、一対多も得意だしね。持ち味を生かすってこと」

「それもそうだね」

「メイプルにしかできないことは多いよ。分かってると思うけど」

「ふふふ、自慢の防御力ですから！」

「うん。これからも磨いていってね」

　メイプルの戦闘を支えているのはどこまでいっても防御力なのだ。攻防どちらも、爆破の反動を利用する都合上移動でさえその影響を受ける。

　普通のステータスを持つ者では真似できない戦闘スタイルである。

「じゃあサリーはこの後もどんどん試してよ！　ゴーレムなら大丈夫みたいだし！」

「レーザーも無効化してたしね……」

　話しながら、ダンジョンを進んでいく。メイプルが隣にいれば突然の死は避けられるためダンジョン内でも気を張らなくていい。

　そうして二人が現れるゴーレムを斬り捨てて進むうち、太い水流が横切って邪魔をし通路が塞（ふさ）がれている場所へとやってくる。水流にはかなりの厚みがあり、足を踏み入れて流されてしまうとはるか下まで真っ逆さまである。

「どうするメイプル？　どこかに解除できる場所があるとは思うけど」

「そうなんだ」

「うん。向こうに通路の続きが見えるし、こういう時はギミックがあるパターンが多いね」

近くに何かないものかと見渡すメイプルは、壁に三つの出っ張りがあることに気が付いて、それに軽く触れてみる。

「……！　押せそうだよサリー！」

「いいね。で……どれにする？」

どの突起も触れると押し込める感覚が伝わってくる。とはいえ、これら全て（すべ）を押せばいいかと言われればそれはまた違ってくるだろう。

「ど、どこかにヒントとかあったっけ？」

「今の所それらしいのはないかな……？　これだけ広いし、通路のうちの一つを選んで歩いてきてるから、探したら別の通路の先にあるかもしれないね」

「確かにありそう」

「見に行ってみる？」

「うん！」

「おっけー、じゃあちょっと引き返そうか」

「端まで見て回ったら宝箱とかあるかも！」

「そうだね。私もそれは調べてないし……あったら嬉しいね」

地道な探索も時には必要なことだと、二人は来た道を引き返す。

「そういえばサリーが昔ゲームしてた時もこんな感じで引き返してたね」

「あー、正規ルート以外に宝箱とかアイテムとかありがちだし、正しそうなルートが分かったら後回しにするかなあ」

先にあるのがアイテムなら進行の都合上は行かなくてもいいのだが、探索漏れがあるというのは気になるものだ。

「もちろん先に全部調べていってもいいんだけどね」

それは目的によるとサリーは補足する。ただアイテムが欲しいのなら最短ルートを調べるべきで、探索自体を楽しみたいなら何も知らない方がいい。

「メイプルはだいたい初見攻略かな？」

「うん。アイテムとかイベントについて結構調べたのは六層の時……かな？」

「ああ……その節は……」

サリーがいない中、サリーにあげるアイテムを探そうと思うと自分で調べていく必要があったのだ。そうでなくとも、いつも先手を打ってあれこれ調べてくれるサリーがいないというのはメイプルが調べ物をする理由になる。

「色々調べてみるのもやってみると楽しかったよ！　こんなイベントあるんだって、サリーがやってたのってこういうことだったんだって」

「それはよかった。気になることがあったら調べるのもいいね。そうしないと見つけられない所もあるだろうし」

「浮遊城とか絶対見つからなかったよね！　見つけた人すごいなあ……」

「それに関してはメイプルも相当だと思うけど……」

その身に宿した異様なスキル群を思い起こして、いくつ妙な場所へ踏み入ったかとメイプルをじっと見る。

「えへへ、たまたまだけどね」

「その分楽しめてるなら……うん、何よりだよ」

適当に話しながら歩いているとメイプルとサリーの前に壁画らしきものが見えてくる。二人がそれに近づいていくと、先ほどの水流と思われる絵と道中に見たゴーレム達が描かれていることが分かる。

「これかな？」

「多分ね。ほら、ボタンっぽいところが赤色で強調されてる」

壁画は描かれている場面が分けられており、適切な順番で突起を押した後に水が止まっている場面で締めくくられている。

「じゃあこの順番で押せばいいのかな？」

「恐らく。それでいってみよう」

「おっけー！」

新たな情報を手に入れた二人はもう一度元の場所まで戻ってくると、見た通りに突起を押し込んでいく。すると、大きな音がして目の前を流れる水が止まり、奥へと進めるようになる。あるのは今まで水が噴き出していた大きな壁の穴だけである。

「おおー！　ちゃんと止まったよサリー！」

「うん、当たりだったみたいだね」

「この穴の向こうも何かあるかな？」

「えっ？　うーん……入れる？」

サリーが尋ねると、メイプルは穴の方に足を踏み入れる。

「うん！　入れそうだよ！」

「なるほど？　じゃあ、行ってみるのもありだね」

確かにそういったものの先に何かがあるなんていうこともよくある話だと、サリーはメイプルの後をついていく。

「こういうところって何かあったりするんじゃない？」

「うん、定番……ってほどじゃないけど。そういうことあるよ」

メイプルはこれは何かあるんじゃないかとこの後のお宝の予感に目を輝かせる。と、そうしてしばらく進んだところで、地響きのような音が聞こえてくる。

「わっ、も、モンスター⁉」

「……！　いや、違うこれ……っ！」

ここはもともとモンスターのねぐらではなく、水の通り道である。となれば轟音の正体は自ずと分かるというものだ。

「み、水⁉」

「一瞬止まっただけだったってこと！　【氷柱】【右手・糸】【超加速】！」

サリーは素早く水を塞きとめるための氷柱を発生させ穴を塞ぐと、メイプルに糸を繋いで緊急避難を開始する。

高速で駆け出した後ろで、設置した氷柱が爆ぜたのを見て、サリーは目を見開く。

「メイプル【暴虐】準備して！　水のダメージが読めない！」

「わ、分かった！」

【不屈の守護者】との二段構えで最悪直撃をなんとかする準備を整えて、出口に向かって走っていくが、引きずる形になっているメイプルの避難まではギリギリ間に合わないことをサリーは理解する。

「メイプル！」

「【暴虐】！　【不壊の盾】！」

その声だけでやって欲しいことが分かったメイプルは即座に【暴虐】を発動させる。サリーが出口から飛び出した直後、凄まじい勢いの水がメイプルを吹き飛ばし二人は通路を飛び越えて吹き飛んでいく。

貫通攻撃というより地形ダメージにあたるそれはダメージ軽減を受けてなおメイプルの外皮をゴリゴリと削っていく。【身捧ぐ慈愛】で引き受けたサリーの分も合わせたダメージは外皮を吹き飛ばし、そのまま滝壺へと二人揃って落ちることとなった。

激しい音を立てる滝のそばで二人揃って水面に顔を出す。

「ふぅ、危なかった……でも何とかなったね」

「うぅ……ごめんねサリー、こんなことになるなんて」

「そういうこともあるって。それにこうして無事だしね」

元に戻るのも今回はショートカットしてしまってもいいのだ。一度順当にそこまで攻略しているのだから、この先の楽しみを失うわけではない。

「行ってみたいところは行ったらいいよ。どこにだって付き合うからさ。それに、危なくなったら責任とってかばってもらうしね」

そう言っておかしそうに笑って見せるサリーに、メイプルも表情が和らいでいく。

「うん！」

さて再出発だとしたところで、メイプルはふと違和感に気づく。

「……？」

「どうかした？」

「た、盾！　盾がない！　飛んでっちゃったのかも！」

「えっ、水の底ってこと？」

「う、うん！　多分！」

そう言ってメイプルは水に顔をつけて慌てて底を確認するが、サリーは冷静に解決策を提示する。

「装備解除とかイベントとかで無理やり外されたんじゃなくて、落としたんだったらインベントリの操作で手元に戻せると思うよ」

「あっ！　そ、そっか！　流石サリー！」

そういえばそんな方法もあったとメイプルがインベントリを操作すると、無事手元に漆黒の盾が戻ってくる。

「上手くいったみたいだね」

「うん、よかったー……一番底で光ってたからどうやって潜ろうかなって思ってたんだ」

「光ってた……んー？」

サリーはその言葉に少し引っかかるところがあったのかメイプルがしたのと同じように顔を水につけて水中を確認する。そう、果たして黒い盾は水中深くでも分かるほどに光るだろうか、と。

「サリー？」

「……メイプル、今も光ってる」

「……？」

「この下……多分何かある」

「ええっ⁉」

「怪我の功名ってやつだね。どう？　行ってみる？」

「うんうん！　行く行く！」

「おっけー。じゃあ早速潜水服着て」

「はいはーい！」

思わぬ発見に、二人はこの先何が待っているか期待しながら潜水を始めるのだった。


滝壺は縦に深くなっており、水面から見ていた時には気づけなかったものの、水の中へ潜ってみると確かに何かが光っていることが分かる。

「まっすぐ沈むよ」

「うん」

メイプルが変わらず【身捧ぐ慈愛】を発動させており、安全確保は問題ない。サリーはそんなメイプルが遅れないように手を引いて滝壺の底へと泳いでいく。

特にモンスターがいるでもなく、無事に深くまで潜った二人が見つけたのは四方向に続く巨大な穴と、淡く光る真珠色の大きな鱗(うろこ)だった。

「光ってたのこれかな？」

「位置的に多分そう。それっぽいことは聞いてないし、ここはまだ見つかってなかったかも」

水中神殿の中盤の滝の底。メイプル達のように跳ね飛ばされてなお生きているというのは基本ないパターンであり、安全にここに辿(たど)り着(つ)くにはギミックを解除して目の前に通路が開けたタイミングでわざわざ滝壺に飛び込む必要がある。

ここに来ることができているプレイヤーが多いわけでもないため、まだ見つかっていない場所がある可能性は否定できない。

「こっちは普通のルートじゃないんだよね？」

「そのはず。水中神殿だけどダンジョン内は潜水服がいらないってことだったから」

「奥見にいこう！」

「うん、息が続く内にね。この先どうなってるか分からないし」

周りを取り囲む大きな穴にこれといって違いはないため、二人はとりあえず一つを選んで先へ進んでいく。

「さっきの鱗大きかったね」

「この先に相当大きい何かがいるかも。裏ボスか……うろついててもおかしくないね」

入り口に鱗が落ちていたのだから、第二回イベントの時のカタツムリのように、この広い空間を泳ぎ回っている何かがいてもおかしくはない。

「慎重に、でも急いで行かないと！」

「メイプルは限界が来るのも早いからね。周りは警戒しておくから」

サリーが僅かに先行して何かが泳いでいたりしないかを確認し、メイプルは今までと同じく【身捧ぐ慈愛】だけ展開して、自分にできる限りの警戒をする。

そうしてしばらく進んでいくとまさに水中神殿といったようなものがあったのか、既に砕かれて瓦礫となってしまった建物の残骸が転がっているのが目に入る。

「こっちが本当の水中神殿なのかも」

「ちゃんと水の中だもんね！」

「うん。って言っても壊された後みたいだけどさ」

建物は水の侵食などにより自然に風化し壊れていったというよりは、大きな何かが無理矢理通路を通ったことで抉るように破壊されたという方が正しい壊れ方をしていた。

「周りの壁も硬そうだし、すごい力なのかな？」

「マイとユイほどじゃないといいけど」

未だ姿が見えない何者かは、入り組んだ水中神殿の中をめちゃくちゃに泳ぎ回っていたようで、残骸が転がる通路が右へ左へひたすら続いている。

「うーん……どっちに行くのが正解なんだろう」

「かなり広いし目印になるものがあると思うんだけど……予想通り！」

少し先行していたサリーは泳ぐのを止めてメイプルを呼ぶ。そうして指差した先には入り口にあったものと同じ淡く光る白い鱗があった。

「おおー！　じゃあ合ってそう！」

「ここは通ってるってことだしね。どんどん探そう」

「うん！　モンスターも出てこないみたいだし」

メイプルの言う通り、先程までのようなゴーレムはもちろんのこと、魚系のモンスターも全く見かけない。

光る鱗が分かりやすいようにか、薄暗くなった水中に瓦礫だけが転がっており、動くものが何もいない様は少し不気味ですらある。

「探索に集中できるならそれに越したことはないけど……特にこれといって何もないからなあ」

特殊なものは鱗だけである。それも二人の背丈ほどあってこの薄暗い中光っているとなれば見逃すはずもない。

「メイプル、底の方に何かあった？」

「全然なーい！　潜水服の素材も落ちてないよ」

「とりあえず進むしかないか……何かあったら分かりやすく通路の雰囲気とか変わるだろうし。酸素の方に気をつけよう」

「うん！」

この後に水上に出られる場所が用意されているかは分からない。そして、道中に妨害要素がないのであれば、最奥に待ち受けるものがその分強力になっていても不思議ではない。

メイプルの勝ちパターンの一つである持久戦もこの環境下では難しいため、サリーの言うようになるべく急ぐ必要がある。

「細かいところは私がざっとチェックするよ。結構進んだし違和感とか気づけると思う」

「流石サリー！」

ここへ入ってきた時のように思わぬ場所に隠し入り口があるかもしれない。

二人はそういったものに注意しながら、最奥にいるだろう何かの元へ向かっていく。

特段規則性があるでもなく、突然壁や地面に刺さる形で残された鱗を追って進んでいるうち、薄暗かった水中はさらに少しずつ暗くなり、見通しが悪くなる。

少し前から二人はヘッドライトをつけており、言った通り細かな探索はサリー中心になっていた。

「あ！　また鱗あったよ！」

「暗くなってもあれは見やすいからいいね。何も見えないってほどじゃないんだけど、何かあるかもっていつもより気を使うし」

メイプルが少し先行したのにすっと追いつき、いつも通り鱗に何か特別なヒントがあったりしないか確かめていると、突然ズズッと地面に何かを引きずったような揺れを感じた。

「……ちょっと揺れた？」

「うん。気のせいじゃない」

下で何かが動いた気配。目的地はそう遠くはないようだった。

「周りも見にくくなってるし気をつけて。まずそうなら【身捧ぐ慈愛】は解除しても大丈夫」

「分かった！　サリーも何かあったらいつでも声かけてね！」

「もちろん。頼らせてもらうよ」

敵の気配に警戒を強めて更に進んでいく二人は、周りが見にくいながらも、トンネルのようになっていた通路が終わり、広い空間に出たことを理解する。

「わー……暗いね」

「……でも、何かいる」

「えっ⁉」

サリーが見ているのに合わせて、メイプルも下を向く。それに呼応してか、暗い暗い水の底で大きな黒い影が地響きと共に動いたのがメイプルにも分かった。

さあどうくるかと構える二人の前で水の底がぽつぽつと淡く光り始め、光は次第に影だった物を浮かび上がらせていく。

光り始めたのは道中にあったものと同じ鱗。と言っても抜け落ちた物などではなく、光の塊は水底からゆっくりと動き出す。

全身が淡く光る鱗に覆われたそれは魚と龍が混ざったような、数十メートルはあろうかという巨体だった。腕や足は小さく退化しヒレに近くなっており、触手や髭（ひげ）に見えるものが何本も伸びてうねっている。光る体が暗がりを照らす中、水底の砂を巻き上げながらそれは体を持ち上げた。

「おっきい！」

「何してくるか分からない、気をつけて！」

二人が戦闘態勢を取ったその時、水流と共にボスと思しきモンスターは一気に上昇する。その巨体に似つかない速度を見て、サリーは水を蹴（け）り一気に加速する。

「【超加速】！」

「か、【カバームーブ】！」

加速したサリーに無理矢理ついていくことで直撃こそ免れるものの、ボスが移動することで引き起こした流れは二人をそのまま押し流す。

ボスと二人の位置が反転する中、大きな尾ヒレが動いて、二人の方に向き直るのが見えた。

「思ったより速い！　メイプル、避けれる？」

「今の感じだと難しいかも……」

メイプルの移動速度的に泳いで避けるのは不可能だ。サリーがずっと隣にいなければ、回避し続けることはできない。

「一回受けてみるよ！　今までも突進とかは貫通攻撃じゃなかったし」

「……おっけー。じゃあ分かれよう。まずはメイプルが引きつけて、その間に私は周りで動き回って攻撃する」

「うん！」

突進が貫通攻撃だった場合は二人の役割が逆になる。再度突進してくるのを確認して、サリーはメイプルから離れて巻き込まれないようにして、確実に死角へ入り込みにいく。

「【挑発】！」

メイプルは真っ直ぐに突進してくるボスを大盾を構えて受け止める。が、ここは水中、地上のそれとは訳が違う。

「わわわっ⁉」

【悪食】は頭部をそのまま喰らっていき、かなりのダメージを与えるが、突進はそれでは止まらずに支えのない水中にいるメイプルを吹き飛ばす。

メイプルは水底に直撃して、着弾点には砂煙が舞う。

「今は、やることやらないと。【水纏】！」

メイプルがどうなったか心配するサリーだが、【不屈の守護者】も残っているならやられてしまうということはない。であれば、メイプルが作ってくれた隙を利用するのがやるべきことだ。サリーは青い装備でダガー二本を構えるとボスの長い背に沿うように泳いで勢いのまま斬り裂いていく。

一撃毎に追加のダメージが入ることもあって、ステータスが多少落ちようとも、こちらの装備の方がダメージは出る。

「これだけ大きいと小回り利かないでしょ！」

ボスは体を回転させてサリーを振り払おうとするものの、適切に距離を取って体の周りを泳ぎ回るサリーに上手く攻撃できないでいた。

「【全武装展開】！　【攻撃開始】！」

そんなボスに対して、砂煙を吹き飛ばして地面から弾丸とレーザーが飛んでくる。

自慢の防御はこの巨体の突進も問題なく弾き返したようで、銃撃に混ざってメイプルの声が聞こえてくる。

「サリー！　大丈夫だよー！」

「うん！　安心した！　……これなら攻撃に集中できる」

ボスの体を使っての攻撃は普通のパーティー相手なら、巨体故に避けにくく全体に一度に攻撃でき、かなり壊滅的被害を期待できるのだが、正面から受け止められてはどうしようもない。

サリーなら突進は回避できる。メイプルなら突進は受け止めることができる。

突進、尾ヒレでの薙ぎ払い、絶え間なく移動しての攻撃、それら全てが被害をもたらさない。正攻法かつパターンの決まった動きではこの二人を突き崩すことはできないのだ。

その分高く設定されたステータスはメイプルには及ばず、サリーには当たらないので意味がない。

水中に眠る巨体はその威圧感に見合った被害を出すことなくジリジリとＨＰを削られていく。

「【滲み出る混沌】！」

何度目か分からない突進によって大きな口を開けて向かってくるボスに、召喚した化物が正面から激突して大きくＨＰが削れその突進が停止する。

「どんどん撃つよ！」

メイプルが射撃を続ける中、サリーもまたチャンスとばかりに攻撃する。しかし、ボスは反撃するでもなく二人を振り払うと、サリーですらついていけない速度で一気に上昇する。

「あれ？　行っちゃった」

「いや、逃げただけじゃない！」

上昇したボスは逆さになって顔を二人の方に向けると、伸びていた何本もの髭をぐにゃっと曲げて顔の前へと持ってくる。

二人の近づけない距離で、尾ヒレから順に纏っていた光が消え薄暗い水に溶け込んでいく。

そうして消えた光はどこかへなくなってしまう訳ではなく、それに合わせて髭の先に光が集まり大きくなっていく。

ここまでくれば、ある程度同じようなものを見たことがあるメイプルにも何が起こるか察せられるというものだ。

「撃ってくる!?」

「撃ってくる！　構えて！」

「【ヘビーボディ】！　【ピアースガード】！」

スキルを発動させて、大盾を正面に持ってくる。そうして防御の構えを取ったところで、上から光の柱が降ってくる。

「大丈夫！　後ろにいて！」

「うん、任せるよ！」

サリーが後ろに隠れた所で、光が二人を包み込む。一瞬、何も見えなくなる程の光。それはメイプルの盾に飲み込まれて、しかし、全て飲み込む前にその光は弾けて四方に拡散していく。

「あれ？」

ふと拡散した光の行く先を目で追ったメイプルが見たのは地面や壁に刺さっていた黒い鱗に光が吸われて輝き出すところだった。

「ちょっと……嫌な感じ」

サリーの直感は正しく、本体からの光線は止まったものの、大量の鱗がそれぞれ発射装置と反射装置になって、細い光線が滅茶苦茶に跳ね回り始めたのだ。

「サリー」

「うん。今のままあると助かる。避けるようにはするけどね」

いく。

【身捧ぐ慈愛】の確認をした所で、跳ね回る光線はいよいよ二人が無視できないほどの量になっていく。

ボスは依然として光を失った黒い鱗のままであり、エネルギーが溜まっていない内はあのレーザーを再び撃ってくることはないだろう。

「突進だけ気をつけるね！　飛ばされちゃうから！」

「おっけー。攻撃に回るよ！」

メイプルは背中を壁につけて正面から突進されても叩きつけられるだけの位置を取り、【身捧ぐ慈愛】の範囲を動かされないよう安定させる。こうすることでサリーも安全地帯から攻撃に取り組みやすいのだ。ダメージを受けないメイプルだからこそ、この立ち位置を取ることができる。

サリーは一気に浮上し、ボスとの距離を詰めるが、当然鱗から鱗に跳ねる光線が全方向から襲いかかってくる。

「練習になるよ。これくらい……避けないと！」

水中なため、地上とは勝手が違うはずだが、サリーにとってはもうどちらでも関係ないようで、急ブレーキと急加速を利用して隙間を縫ってボスへと迫る。

弾幕を張るような攻撃の回避はサリーにとって必須である。それは本来相性の悪い相手と正面から戦うためであり、それができなければ土俵に上がれないからだ。

「【トリプルスラッシュ】！」

薄暗い水中を斬り裂いて、斬撃とダメージのエフェクトが舞う。

光を失ったボスは暗がりに溶け込み距離感を測りづらいものの、サリーは変わらず数センチ単位の正確な動きを続けていた。

「もっと余裕を持てるようにならないと……！」

周りからの光線を避けつつ、ボスが身を捩って吹き飛ばそうとするのを的確に離れてやり過ごしてなお、サリーはまだ上達を望んでいた。

ただ、サリーがどう思っているかとボスが攻撃を当てられるかは別問題である。

まだ上達する余地があったとしても、仮に完璧でないとしても、今現時点でサリーに全く触れられないことが全てである。

「メイプル！　行ったよ！」

「任せて！　【水底への誘い】！」

潜水服の中から膨れ上がるようにして、薄暗い水中よりもなお暗い黒をしたもやが溢れ出し、メイプルの左腕が触手に変化していく。

盾を構えずともダメージがないのなら、やるべきことは、待ち構えてあらゆるものを貪るその腕で喰らい尽くすことだ。

五本の触手をぐわっと開くと突進してきたボスの頭部を握り潰す。力など関係なく、触れたものを飲み込む特性によって、触手は抵抗なくボスの頭に沈み込み五つの大きなダメージエフェクトが噴き上がる。

「わっ⁉　と、とまらない！」

メイプルに頭を抉られてなお突進は止まらず、ボスは壁に密着したメイプルをすり潰すように体を押し付ける。

それにより展開していた兵器は粉々になったものの、メイプルはむしろ近づいてきてくれた分他の攻撃ができると、押しつぶされながらスキルを発動する。

「【捕食者】！　【滲み出る混沌】！」

三体の化物が身体を食いちぎって、触手と共にダメージを与えると、HPを大きく削られたボスはふらふらと離れていく。

「毒……はダメだから【砲身展開】！」

水中では自分以外全てを無差別に巻き込んでしまうため毒は使えない。メイプルが背中からいくつもの砲身を展開すると、それは一斉に火を噴き、逃げるボスを追撃する。

「サリー！　行ったよー！」

「大丈夫！」

メイプルは駄目だとボスはサリーに標的を変えるが、こちらも駄目なのは既に分かっていることである。メイプルを攻撃している間も、飛び交う大量の光線はサリーを捉えられなかったのだ。

サリーにしてもメイプルにしても、その防御能力の持続に明確な時間制限はない。片やプレイヤースキル、片や常時発動中のスキル、当たらないなら、効かないならその関係はどれだけ経ったっても変わらない。

「【サイクロンカッター】【クインタプルスラッシュ】！」

特殊なスキルでも大技でもない、基本的なスキルの派生先での攻撃。それでも、それらは確実にボスのＨＰを減らしていく。一方的にダメージを与えられているなら、それ以上のものはなくとも構わない。

それに、もし必要ならば今のサリーはほんの一瞬だけメイプルの力を借りることもできるのだ。

「【クイックチェンジ】！　【砲身展開】！」

サリーの背中に黄色のポリゴンが収束し、いくつもの砲身が出現すると、メイプルのそれと同じように火を噴いた。

「【虚実反転】」

近距離から放たれた攻撃はボスを貫いて逆側に貫通し、ダメージエフェクトに混ざりつつ背中の武装と共に黄色い光に変わって消えていく。

「撃ち続けられないと強みは発揮しきれないか……っと、メイプル、あとは頼んだよ！」

「うん！」

大量の光線が迫ってくるのを見たサリーは武器を大盾に変えて、身体を守りつつボスから離れていく。

するとと水底で爆発が起こり、サリーと入れ替わるようにして、光線の雨を跳ね飛ばしながら弾丸のようにメイプルが射出される。

メイプルはそのままボスの顔面にビタッと張り付くと、サリーよりもさらに近く、砲口をボスに密着させてレーザーを放つ。

「どーだ！」

赤い光がボスを貫くと、最後に一際強くボスの体が輝いて辺りを照らし、そのまま倒れる際の光が溢れその巨体は爆散した。

「ふぅ……お疲れ様」

「お疲れサリー！　もー、【身捧ぐ慈愛】の中で戦っても大丈夫だったのに」

「まあね。でも回避はいつもしてないと鈍るし、それに結構距離とってくるタイプだったから」

水中での活動時間に制限もあるため、早めに倒せるに越したことはない。

「皆速いから水の中だと追いつくの大変だよー」

「本当に危なそうな時は駆け込むからさ」

「うん！　準備して待ってるね」

「助かる。で、何かあるかな？　鱗はすごい光ってるけど……」

ボスの死に際の光を受けて、残された鱗は綺麗に白く輝いており、薄暗かった水中もかなり見通しが良くなっていた。

二人が辺りをキョロキョロと見渡し持ち帰れそうな物を探すと、少し違った形で積み重なった白い鱗を見つける。

「これは持って帰れそうじゃない？」

「本当だ！　すごい！　おっきいね」

「ボスがあのサイズだったからね」

「あの時もこの大きさならもっと早く盾も作れたのに」

「ああ、前に鱗集めしたね。メイプルはなかなか釣れてないみたいだったけど」

「潜れなかったし釣るしかなかったんだけど……でも、今回はこれのお陰でサリーについてこれたよ！」

メイプルはそう言うと身体を包むがっしりとした潜水服を指差して見せる。

「……ふふ、潜水服様様だね。私も水の中にメイプルが来れるようになるとは思わなかったから。必要ならこれメイプルが使ってよ。イズさんに見せたら白い方の装備を強化できるかも」

「いいの？」

「私は新しいのを手に入れたところだからさ」

サリーの装備はユニークシリーズばかりなため、強化とは縁遠いのだ。それならとメイプルは落ちている鱗をインベントリにしまっていく。そうして光る鱗をどかしていくと、その下で何か別の物が光っていることに気がついた。

「何かある？」

「みたいだね。全部どかして確かめてみよう」

二人が全ての鱗をインベントリにしまうと光っていた物の正体が明らかになる。

それは光の塊だった。特に実体があるわけでもなく触れると手はすり抜けていってしまうが、どうやらアイテムらしく、インベントリにしまうことはできるようだった。

「何だろうこれ？」

「レアアイテムかな？　一つしかないみたいだし……」

「そうかも！　じゃあサリー！」

「え、私？　私はいいよ、メイプルがもらって？」

「むぅ……私ばっかりもらってたら悪いよー。鱗ももらっちゃったし」

これもメイプルのものとなると、サリーがこの戦闘で手に入れたのは少しばかりの経験値のみとなる。それでは釣り合っていないのではないかという訳だ。

「……本当に私は何ももらわなくてもいいんだけどね。んー、じゃあさどんなアイテムなのかまず確認してみようよ。もし装備品とかなら考えるかも」

「分かった！　じゃあ確認してみるね」

メイプルは光の塊をインベントリへとしまい込むと、それが一体何なのかを確認する。

「えっと……『天よりの光』だって。こんなに水の中なのに変な感じ」

「……なるほどね？　説明文には何かある？」

「えーっと……以前の空の光とかなんとか。見てみる？」

「うん」

サリーもそれを見てみると、フレーバーテキストに相当するものが少し書かれているものの、装備品であったり、直接クエストに繋がったりはしないようである。

「メイプル前聞いたけど、他にも変なアイテム持ってたよね？」

「えっと……あっ、ロストレガシーのこと？」

「それ。どっちもどこかで使い道があるかも。隠しボス倒して、しかもレアドロップっぽいから」

「ふんふん、なるほど」

「八層に何かあるかも。今度はそれを探してみるのもいいかもね」

「うんうん」

「ほら、じゃあ帰りの魔法陣も出てるし戻ろう？　あんまりここにいると溺れちゃうし」

「あっ！　そ、そっか！　急ごう急ごう！」

サリーの先導でメイプルは魔法陣に乗って水中神殿から脱出する。

そうして水面へと浮上していく途中、メイプルは何か忘れているような感じがして少し首を傾げたのち。

「あーっ‼　さっきのレアアイテム！　サリー！」

「あ、バレた？　ま、そのまま持っててよ」

「もー……」

上手くはぐらかされてそのまま自分のインベントリに入ってしまっている『天よりの光』を見てメイプルは少し頬を膨らませる。

「ごめんごめん。ならさ、それを使う場所一緒に探さない？　って言ってもメイプルみたいに勘が良かったり運が良かったりしないから役に立たないかもだけど」

「そんなことないよ！　それに、もちろんそれはいいけど……それだとやっぱり」

サリーに手伝ってもらうばかりになってしまう。そう言おうとした所でサリーは少し落ち着いた様子で自分のメリットについて話し出した。

「ほら、メイプルさ色々スキル見つけてくるでしょ？」

「うん！　たまたまだけどね」

「だから一緒にその現場に行けばスキル探しの参考になるなと思って。それはかなり大きいよ？このゲームのスキル強いの多いしさ。あとは、私がスキルを手に入れてもメイプルはそれを使えないけど、今なら逆はできるしね」

今のサリーには【ホログラム】と【虚実反転】がある。だから自分よりメイプルがスキルを手に入れる方が、総合的な戦力増加になるという訳だ。水中神殿の中でも有効に使われていたため、メイプルにもサリーの言い分は理解できる。

「確かに……それはそうかも。むぅ、上手く言いくるめられた気がするー」

「あはは、そう？　本当に気にしないでいいよ。私はこれでいいし……満足してるし。でも、あんまり気になるなら今度はもらおうかな？」

「うん！　そうして！」

「はいはい、そうさせてもらいます」

今度は二つのアイテムの使い道探しだと、二人は一旦ギルドホームへ戻っていくのだった。

日を改めて、メイプルとサリーはギルドホームで話をしていた。二つのアイテムの使い道を探すと言っても、このアイテムから今以上にヒントは得られないのだ。

机の上に二つのアイテムを出して、さてどうしたものかと考えていると、今日も今日とて探索に出ていたギルドメンバーがちょうど戻ってきた。

「お、二人も戻ってたのか。ん、それなんだ？」

二人が机の上に出しているものを見て、クロムがまず反応する。

「メイプルが見つけたアイテムなんですけどどこで使う物なのかなと」

「メイプルが見つけた物か……一切場所の見当がつかないってことか？」

「そうです！　私は気軽に潜っていけないし、長い時間の探索は大変で……まだ見つかってないんです」

「アイテムの名前はあるのかしら？」

「えっとこっちの箱が『ロストレガシー』でこの光ってるのが『天よりの光』です」

「また随分仰々しい名前だが……となるともし使い道があるなら何処かでのイベントになるだろうか」

「お姉ちゃん、何か心当たりあったりする？」

「うーん……そんなに凄(すご)そうなものを使う場所は見たことない、かも」

「なら名前が唯一のヒントってことだね。僕が読んだ石板に、いくつか仄(ほの)めかすようなものがあったからそれのどれかに該当するかもしれない」

「本当⁉」

「カナデが読んだっていう創作文字か……確かにこういうアイテムがあるって知った上で見ればヒントになったりするかもな」

「うん、でもあまり期待はしないでよ？　それに、多分これ最終段階まで潜水服を強化しないと行けない深い場所だから」

【楓(かえで)の木】も強化パーツを集めてはいるものの、もう少し時間はかかるだろう。

「うん、分かった。で、ヒントになりそうなもののこと話してみてよ」

「おっけー、そっちの光の方だけど。天よりって言うけど水に沈む前はもっと低い場所から空だったはずなんだ」

「あ、だから水中で見つかったのかな？」

「そうかもね。じゃあ昔は空だったって言えるような高い場所か……」

「察しがいいね。で、ロストレガシーはこの層で時々見る機械に関係ありそうだよ」

「それはあるかもな。三層ほどじゃないが、ここも水の中に結構沈んでたりするしな」

　クロムが言うように、サリーが攻略したダンジョンのモニターや光弾発射装置などもそれに当たるだろう。それ以外にも、もう役に立たなくなった壊れた機械が岩や建物に引っかかってのこっているのも所々に見られる。

「そうね。作れるアイテムも増えて嬉しいと思ってたもの」

「ふんふん、じゃあ機械がいっぱいある所……ってことだね！」

「どこかあったかな……やっぱり潜水服の強化がいるかも」

「石板曰く昔の文明ってことだから、かなり深い所かもね」

「もしそれが失われたとするなら、アイテムの名前にも合う。あながち間違っていないかもしれないな」

「私達もパーツを探すのに合わせて探してみますね！」

「が、頑張ります……！」

「皆ありがとう！　絶対すごいの見つけてみせるからね！」

「メイプルがそう言うと……ちょっと怖いところもあるけどな」

「分かるわ」

「ああ、そうだな」

今まで見せられてきた物を振り返ると、『すごいの』に該当するものがいくつも思い浮かんでくる。味方なら強くなってくれることは喜ばしいが、内容は誰(だれ)が見てもどこまでもとんでもないものばかりである。

クロム、イズ、カスミの三人がこそっとそう反応する中、ヒントをもらってメイプルはやる気十分な様子だった。

四章　防御特化と沈没船。

そうしてまたしばらくして、【楓の木】の八人もついに八層の全ての場所へ行くことが可能になった。そうなればやることは決まっている。

「サリー！　やっとどこでも行けるようになったよ！」

「うん、そこに本当に何かあるか確かめに行けるね」

二人が探しているのは当然あの二つのアイテムが使える場所である。

当然、パーツ集めの最中にもそれらしい場所はないかと探していた二人だったが、結局見つかることはなかった。もちろん、念入りに隠されていて見つからなかった可能性も否定できないが、まずは未探索のエリアに行くのが先である。

その方がよっぽど未知なるものがあることは確実なのだ。

「いつでもいいよ！」

「メイプルがいいなら早速行こう。イズさんのアイテムも持った？」

「うん！　息が続きやすくなるアイテムはいっぱいあるよ」

「じゃあ出発しよう。最終的には一つ一つ見ていくしかないから、時間はあるに越したことはないし」

サリーはギルドホームから出ると、いつも通り町の外にジェットスキーを用意してメイプルを後ろに乗せる。

「ちゃんと掴まったよ！」

「おっけー！」

サリーはジェットスキーを一気に加速させると、そのまま水上を凄い勢いで走っていく。

「どこから行くの？」

「新しく行けるようになったエリアで一番広い所。飛び地になってる所は連続して探索しにくいからとりあえず後！」

「なるほど」

「それに、今から行く所はかなり高い場所だから最有力、第一候補って感じだよ」

「おおー！　じゃあいきなり見つかっちゃうかもだね！」

「皆の予想が当たってたらね」

サリーはそうしてしばらくジェットスキーを走らせると、マップを確認してゆっくりと停止する。

「この下なの？」

「いや、もう少し先の方なんだけど……見たら分かるよ」

どういうことだろうと首を傾げるメイプルに潜水服を着るよう促し、二人は水中へと飛び込む。

目の前に広がるのは相変わらずどこまでも続く水と、眼下に連なる高い山脈。そして、その周りをまるで嵐のように取り囲む荒れた水流だった。

水の流れはエフェクト付きで分かりやすくなっているが、それは間をすり抜けるためなどでは決してなく、むしろ近づき滅茶苦茶に流されて死んでしまわないように付けられた目印である。

「メイプルなら生き残れるのかもしれないけど……もし出られなくなっても私じゃ脱出の手助けはできないし、気をつけてね」

「う、うん。気をつける」

少し前にも水流で痛い目を見たところなため、メイプルとしてもあれに近づくのはやめておくことにした。

「じゃああっちは行っちゃだめなんだね」

「でもあっちへ行くんだけどね」

「えっ⁉」

今その危険性を説明されたばかりであり、どう考えても近づくべきでない場所だと、メイプルにもしっかり印象付けられたところである。

「行き方があるみたい。ちゃんと水流を確認しながら行こう」

「うん、サリーは知ってるの？」

「まだ中のことは情報がなかったけど入り口の位置くらいは分かってる」

「おおー！　さっすがサリー！」

　二人は少し離れた場所で水底まで沈むと、そのまま山脈の麓の方へ進んでいく。元は地上だった位の高度にはあの強烈な水流は存在しないようで、問題なく近づくことができていた。

「山もこんなに大きいし、入り口もいくつかあるかもしれないけど……とりあえず分かってるのはここだね」

　二人の目の前には山の中へと続いていく洞窟があった。内部の酸素状況は詳しくは分からないが、外から見る限りは完全に水没してしまっている。

「危険そうなら脱出するよ。溺れちゃわないように注意してて」

「うん！　あんまり長くないといいなあ……」

　こうして二人は足並みを揃えて水中洞窟へ入っていく。中は明るさが調整されており、特段暗いということもなく、視界に問題はない。

　ダンジョンやモンスターの様子がまだ分からないため、一旦【身捧ぐ慈愛】も使わないで奥へと向かっていく。

「あれ？　何かいる？」

「いるね。ちょっと見にくいけど」

　ふわふわと漂うように水中を移動しているのは、三体の全身が水でできたスライムのようなモンスターだった。輪郭が分かるように周りの水より濃い色をしていなければ、見つけることも難しかっただろう。

「じゃあ先手必勝だね！」

メイプルは兵器を展開すると、モンスター達へ大量の弾丸で一気に攻撃する。

それは雑魚モンスター程度なら基本容易く吹き飛ばせる弾幕だったが、今回はそうはいかなかった。

メイプルの弾丸が迫ってきたことによって戦闘状態に入ったスライムは、その体を薄く広げていきメイプルの弾丸を全て受け止める。

弾丸はスライムを貫くことなく勢いのまま限界までその体を引き伸ばすと、体が元に戻ると同時に跳ね返ってきた。

「か、【カバー】！」

メイプルは大盾を背中に隠すと、素早くサリーの前に立って跳ね返された弾丸を体で受け止める。

メイプルは自分の攻撃が直撃しても問題ないが、万が一サリーに当たろうものなら一撃死である。

「魔法じゃないと駄目っぽいね」

「えっと……そうなると……」

「毒は止めておいてくれると助かるかな」

「だよねー」

メイプルの攻撃手段は【機械神】【滲み出る混沌】【毒竜】となっており、魔法と言えるものは

【毒竜】のみである。しかも、水中で毒を使えば無差別攻撃となりとんでもないことになるのは今までで証明済みだ。

【悪食】ならば問答無用で飲み込めるだろうが、雑魚モンスターを倒すために使っていてはきりがない。

「アイテムで武器に纏わせることはできるけど機械神の方には効果ないし……サリー！」

「うん、任された」

何も無理に自分の中で解決策を探る必要はない。そのために手広くスキルを取り色々な状況に対応できるようにしているサリーがいるのだ。

「隣ついて行くよ！　いつもみたいに後ろから撃ったりできないし」

「ん、いつものだね」

サリーがぐんと加速してスライムに接近すると、メイプルは【カバームーブ】でそれに追いついていく。もしもの時の備えは万全だ。

「【サイクロンカッター】！」

サリーの手の上で渦巻く風の刃が大きくなっていき、スライム三体を巻き込むように放たれる。するとと今度は攻撃が跳ね返ることはなく、そのままスライムの柔らかい青い体を斬り裂いてかなりのダメージを与える。

「思ったより脆い……？　跳ね返す以外はそんなにかな？」

特段威力の強化もしていないため八層までくるとやや力不足気味なサリーの魔法だが、それによって一気にHPが削れるのを見て、一部の攻撃を完璧(かんぺき)に跳ね返す代わりに他の数値は低くなっていることを察する。

ただ、跳ね返す以外に攻撃手段がないということもなく、三体で力を合わせるようにして青い魔法陣を形成し、そこから大きな水の塊を放ってくる。

「【カバー】！」

貫通攻撃ではないと踏んだメイプルが前に出てそれを受け止めると、水の塊は直撃と同時に弾けて衝撃を発生させる。

メイプルにとって衝撃程度は何ら問題ではなく、【悪食】も温存してサリーの次のアクションを待つ。

「これはどう？」

メイプルが攻撃を受けているうちに素早くインベントリからアイテムを取り出したサリーは、手の中に収まっているクリスタルを砕いて武器に雷を纏わせると、水属性の追加攻撃ができる【水纏】も発動して、再度前に出る。

「【トリプルスラッシュ】！」

魔法とは違って順当に威力を上げ続けている武器での攻撃は、雷によってスライムの体を焦がし、続く纏(まと)った水の追撃で残ったHPを吹き飛ばした。

「よし、終わりっ！」

「思ったより簡単に倒せたね。跳ね返された時はどうなっちゃうかと思ったけど……」

「他のモンスターと一緒に出てきた時は要注意かな？　アイテムを使ったりすれば武器でもちゃんとダメージを与えられるみたいだし、単体で出てきても大丈夫」

「じゃあもっともっと進んでいこー！」

「そうだね。急ぐに越したことはないかな」

「でも水の中にもスライムっているんだね。なんだか溶けちゃいそう」

「確かに。んー、水の中にいるのはちょっと珍しいかな？」

地上で跳ね回っている姿はよく見るものの、水中での活動には向いてなさそうなボディである。

事実今回は水の流れに乗って漂っていたところに出くわしたのだ。

「水の魔法使ってたしあれで加速して移動してるのかも。確かそんな生き物もいたはず……」

「私が機械神で飛ぶみたいな感じだね！」

「そう……かな？　近いかも」

移動の際の絵面と周辺への被害に大きな違いがあるような気もしたものの、サリーはそこは気にしないことにしたのだった。


そうしてしばらく進んでいると、スライムの他にも様々なモンスターが出てきた。ただ、それは鳥だったり獣だったり、水中より地上にいる方がらしいものばかりである。水中にいられるようにするためか、先程のスライムのような青いゲル状の体をしているのが特徴的だった。

「八層にも今までみたいなモンスターいるんだね！」

「今までみたいって言うと語弊がある気もするけど……でも確かに何故か水中にいるって感じだよね」

水中で活動し、水の魔法を使って攻撃してくるが、魚系のモンスターのように素早く泳いで距離を詰めてきたりはしない。

どのモンスターにも地上に適した能力のまま水中にいるようなちぐはぐさが見てとれた。

「動きが鈍いのは助かるからいいけどさ」

「私も反応しやすいし！」

「だね」

メイプルと速さを比べ合うような相手なら、サリーの方がよっぽど速く動くことができる。八層のモンスターを上回る速度で水中を泳ぎ回っているのだからそれも当然だ。

それもあって、二人は特に苦戦することなく進むことができていた。放ってくる水魔法は範囲も広く強力だがメイプルがいれば一切無意味であり、総じて脆いモンスターはサリー一人でも十分撃破可能な範囲である。

「一人で来なくてよかったー……どのモンスターも倒せなくて困っちゃうところだったよ」

「本来盾役は敵にダメージを与えられる人と一緒にいて一番輝くものだからね。だからソロプレイはちょっと厳しいことが多いはずなんだけど」

「ふふふ！　攻撃にもちょっと自信でてきたよ！」

「流石に使いこなせてきてるもんね」

毒を撒き散らし、化物を呼び出し、大量の兵器で敵を蹂躙して先に進むのは大盾使いがやることではないのは間違いない。

もちろん、ダメージを与えられるのはパーティーにとっていいことだが、それがなくても戦える方が健全である。

「しばらく行ったら他のタイプのモンスターも出てくるかもしれないし、その時はよろしくね」

「うん！　残弾もばっちりです！」

「それは頼もしいね」

サリーはメイプルとは違って、使用回数に制限があるスキルを戦闘の中心に組み込んでいるわけではないため、しばらく探索したものの二人のリソースは特に減ってはいない。

もしボスが普通の肉体を持って現れたなら、ここまで温存するしかなかったスキルが容赦なく襲いかかることになるだろう。

そうして水中の通路をしばらく進んでいった二人はいくつかの道に分岐していく広い空間を視界に捉える。慎重に一歩踏み入るものの、特に中ボスのようなものが出てくる様子もなく、分かりやすい分岐点というだけらしかった。まだ先は長そうだと、サリーはメイプルの様子を確認する。

「息もまだ続く？」

「大丈夫！　……？」

「メイプル？」

メイプルはどこか違和感があるのか潜水服の胸の辺りをぽんぽんと叩いている。

「どうかした？　酸素は……数値上は問題ないみたいだけど」

「何だかこの辺りが少しあったかい感じ……？」

「……なるほど？　状態異常とかでもないみたいだし」

サリーはそうして少し考えると、思いついたことを話し始める。

「特にダメージとか状態異常もないし、モンスターがいる気配もないなら、何かのヒントかな？私が感じてないってことはメイプルの持ってるスキルかアイテムが反応してる可能性がある」

「おおー、そうかも！」

「ただ……いい内容か悪い内容かは分からない」

「……？」

「とてつもなく強いモンスターの居場所を危ないよって教えてるのかもしれないし、逆に良いアイテムの場所を教えてくれてるかもしれないってこと」

示しているものがあるとして、果たしてそれが近づいて良いものなのかどうかは分からないのだ。

今正確に分かるのは、ここまでなかった変化がメイプルに起こっているということだけである。

「メイプルはどう思う？」

「うーん……サリーの言った通りヒントっぽいし、反応する方があったらそっちに行こうかな？」

「とんでもないモンスターがいるかもよ？」

「サリーと二人なら勝てるよ！」

笑顔でそう言い切るメイプルにサリーは目を丸くするものの、可笑しそうに少し笑って自信ありげな表情を見せる。

「そうだね。メイプルとなら勝てるかな」

「それに……そんなに嫌なあったかさじゃないから変なことにはならない気がするんだよねー……本当にそんな気がするだけなんだけど……」

「そう？　メイプルの勘は当たるからなぁ……」

それなら少しでも反応がある方へと行ってみようと二人はまた泳ぎ始める。

まずは目の前に続くいくつもの分かれ道をどちらへ進むか決める必要がある。

「じゃあ一つ一つ少し前に出てみよう。何か反応があるかも」

「分かった！」

サリーに促されて少し通路を進んだところで止まったメイプルは特に変化はないと首を横に振る。

「多分変わってないと思う！」

「じゃあ次だね」

そうして時折通路に入りながら壁沿いにぐるっと回っていると、そのうちの一本の通路の前でメイプルが立ち止まって首を傾げる。

「どうかした？」

「うーん……一瞬あったかくなったかも？」

「本当？」

「気のせいかな？」

「ならもう一回試してみればいいんじゃない？　隣にずれてまた前に立つ」

「そっか！　そうだね！」

メイプルは隣へ移動するとまた同じ通路の前に戻ってきて意識を集中させる。

「どう？」

「変わった！」

「おっけ。ならこの先がいいかな」

変化があるということは、その先には他にはない何かがあると察せられる。

ここからは一度通路の前に立ってみて確認してから進む必要があるようだ。

そうしてメイプルの感覚を頼りに通路を進む二人がしばらく行くと、次の分かれ道に続く広い空間に出る。またメイプルに探ってもらおうとしたところで、バチバチと光とも電撃とも取れる何かが中央で弾ける。

「……！」

「サリー、何か出てきそう！」

「構えてて！」

メイプルが盾と兵器を構え、サリーがいつでも攻撃に移れるよう二本の短剣を握り直すなか、激しい音と光は収まり、そこには沈むことなく静止している立方体があった。

石を組み合わせて作られているように見えるそれを観察していると、亀裂が走り幾つかのパーツに分裂し、内部には青い核のような輝きが見えた。

それと同時に上にＨＰバーが表示され、戦闘態勢をとったのかクルクルと回転し始める。

「ゴーレムにちょっと似てるかな？」

「あの時の？」

「うん、材質とか」

同じ石材というだけでなく、作りや色合いも似ているということは、あの水中神殿とこの場所の関わりを感じさせる。であれば、二人の目的地はこの先にある可能性が高くなる。

「これは当たりかもよ」

「ほんと⁉　よーし、じゃあますます頑張らないとだね！」

「うん、きっとこれが守っている何かがあるはず」

守っているだけあってただでは通さないというように光が弾け、先へと進む通路が石の壁で封鎖され、それに合わせるように立方体の周りに魔法陣が展開される。

「準備できてるよ！」

「助かる！」

【身捧ぐ慈愛】を使えるよう意識しつつ、出方を見ていると、魔法陣の光に合わせて体がゆっくりと左へ流されていく。

「攻撃じゃない……ダメージはないよ！」

「でもこれって、わわわっ⁉」

水の塊をぶつけられた訳ではなく、もっと大規模な変化がこの部屋全体に起こっていた。魔法陣の効果により、ボスの回転に合わせて水流が発生しており、問答無用で一定方向へと押し流され続けるのだ。

「【攻撃開始】！　っとと、狙いにくい……！」

メイプルは展開しておいた兵器で攻撃するものの、その防御力を生かして弾幕を張る運用がほとんどなため、動きながら敵を狙うことに不慣れであり上手くダメージを稼げない。

「核以外にもダメージが通るのはよかった。私も攻撃するからメイプルもできるだけダメージ稼いで！」

「分かった！　今までの分頑張るよ！」

道中は水の体を持ったモンスターばかりだったため、ようやくまともに攻撃できる敵が出てきたのだ。まだまだ弾にも余裕があるので、メイプルもここぞとばかりに攻撃を仕掛ける。

「これくらいの水流なら……！」

サリーは流れに逆らわずに加速すると円を描くように高速で距離を詰める。ボスもそれに反応して魔法陣から水の槍を生成するものの、サリーの接近には間に合わない。

「【トリプルスラッシュ】！」

ほんの一瞬、すれ違う瞬間に叩き込める中で最もダメージを与えられるスキルで六つの深い傷をつけるとそのまま水の流れと共に離れていく。

「加速できるしむしろありがたいくらいだね」

「サリーすごーい！　よーし、私も……」

狙いを定めて、というのはそこまで得意でないメイプルは、それでも攻撃を命中させるために特大の砲口を生成し中央へと向ける。

しかし、それがレーザーを発射するより先にサリーを狙って放たれた何本もの水の槍が水流に乗って迫ってきた。

同じ水流の中にいる相手にある程度きっちり追いつくように作られているらしく、サリーはともかくメイプルの速度では逃げられない。

「わっ⁉　ちょっと待って！」

「大丈夫、任せて！」

サリーは素早く近くに来ると、流れの中で姿勢を整えてメイプルの前で止まり、兵器を水の槍から守るために立ち塞がる。

「ふぅっ……！」

水中に素早く振るわれた短剣の青い光が閃き、迫ってくる水の槍のうち、メイプルに当たる軌道のものが全て撃ち落とされる。

本体はよくとも、基本的に兵器の方は攻撃に耐えられないため守る必要があるのだ。

「ありがとうサリー！　よーしっ！【攻撃開始】！」

細かく狙いが定まらないならある程度ずれても当たるような攻撃をすればいいと、メイプルは赤く輝く巨大なレーザーを中心に向かって発射する。それは水流などものともせずに中央に到達すると、立方体の半分を焼き尽くしながら貫通し、奥の壁に直撃して爆発する。

「うぅ……ちょっとずれちゃった」

「十分だけどね。どんどん撃っちゃって。私が隣で弾いておくからさ」

「うん！」

メイプルの兵器のいい使い所なため、サリーは攻撃を中止してメイプルの防衛に回る。

相手としては何とかメイプルの兵器を壊していかなければならないが、サリーの防御網を突破するのはかなり厳しい。短剣で弾く他、【ウォーターウォール】など魔法で壁を生み出すこともできるのだから、多方向から狙っても攻撃はそう通らないのだ。

「よーし……よーく狙って！」

「こっちは気にしなくて大丈夫だよ」

「【攻撃開始】！」

結果、次々に放たれる深紅のレーザーによってその体が粉々になるまで、メイプルの兵器に傷の一つすらつけることはできなかったのだった。

立方体が跡形もなく消し飛んで消滅したのと同時に部屋全体の水流も停止し、元通りの穏やかな水中が戻ってくる。

「そんなに強くなかったね」

「普通ならもう少し苦戦するかもしれないけど……うん、特別難敵って感じではなかったかな」

「サリーが守ってくれたから兵器もまだまだ大丈夫！【悪食】もあるよ！」

多くのスキルを温存したまま突破できているのはサリーの存在が大きいだろう。その防御によってメイプルはレーザーで絶え間なく攻撃することができ、兵器も壊されず最低限の生成で済んだのだ。

「じゃあ奥へ行こう。ここからはメイプルが先頭で」

「はいはーい！」

反応がある方へと進路をとりつつ水中を泳いでいくと、モンスターのタイプが明らかに変化したのが見てとれる。今までは水でできたモンスターばかりだったのが、無機質な石材や金属でできたゴーレム系統がほとんどになったのである。

それらは水中でも機敏に動き的確に攻撃してくるうえ、魔法も物理攻撃もこなす器用なモンスターだったが、攻撃を跳ね返してくる能力がないため、メイプルにとっては倒しやすくなっただけである。

「【攻撃開始】！」

「流石に全弾受けたら耐えられないか……」

「通路は水の流れもないし、真っ直ぐだから当てられるよ！」

今もまた惜しみなく展開された兵器によって生み出された弾幕が近づいてくるゴーレムを一体光に変えていった。

与えられるダメージは変わらないため、階層が上がりモンスターが強くなるごとに物足りなくなっていくことは確定しているものの、それでも正面からまともに弾幕に突っ込んで生き残れる者はまだまだ少ないのが現状である。

モンスターは弱いというほどではないが、二人の脅威となるようなものでもなく、特に策を練らずとも正面から突破することができていた。

「よしっ！　これなら大丈夫！」

「……普通に戦ったら、勝手が違う水中プラス広範囲攻撃なんだけどメイプルが相手じゃなあ……あとは、神殿の方から繋がってるとしたら、向こうのボスがメインだったのかも。ボスはいつもイベントの最後にいるとは限らないし」

「なるほど」

二人は山々の内部を上へ上へと進んでいく。外に出ないため正確な位置は掴めないものの、緩やかに登っていることだけは確かである。


こうして、メイプルとサリーは目の前に現れるモンスターを一体残らず撃破し、連なる山々の内の一つの頂上へと辿り着くと辺りを見渡す。

遠くから見た時はエフェクト付きの水流が邪魔でよく見えなかった山頂は、特に何かがある様子ではないものの、上から衝撃がかかったように平らで広くなっていた。

「あんまり山頂って感じじゃないけど……ここから直接別の場所へ移動していくのは無理だし、メイプル反応はどう……メイプル⁉」

サリーが振り返るとメイプルの胸の辺りが発光しており、慌てて無事かどうかを確認する。

「大丈夫だよ！　き、急に光りだしたけど……」

「すごい反応してるってことかな？　何かあるかもしれないし、歩き回ってみて」

「うん！」

メイプルは見逃しがないように端から歩いて広い山頂を調べ始める。

サリーはその後ろをついていきつつ、何かあった際の緊急避難に備えていた。特に敵影もなく、問題ないだろうと予測していたサリーだったが、その目の前でメイプルが何の前触れもなく一瞬にして消失したことで目を丸くする。

「えっ……!?」

転移の魔法陣でもなく、モンスターの気配もない。そもそも奇襲ができるような地形でもないのだ。メイプルが歩いていた場所をチェックしようと駆け足で近づいていったサリーは、直後何もない空間から前触れもなく何かが出てくるのを見てギリギリで停止し、バックステップしながらその正体を確認する。

「め、メイプル？」

「あ！　サリー！　大丈夫だった？」

「う、うん。ほんの一瞬だったし……モンスター出現の合図っていうわけでもなかったから。でも……それ、どうなってるの？」

サリーの目の前には空中に浮かぶメイプルの生首があった。正確には何もない空間から頭の前半分だけが、壁にお面でも掛かっているかのように浮かんでいるのだが、兎にも角にも不気味である。

「こっちに来れるかな？　えっと手を……はいっ！」

そう言うと今度は顔と同じような感じでメイプルの腕が伸びてくる。いつかのように偽物のメイプルだという様子でもない。メイプルなら何も伝えずサリーを危険な場所に引っ張り込むようなことはしないため、この手をとっても問題はないだろう。

「いいよ。掴んだ」

「じゃあそのまま進んできて！」

メイプルに言われるまま一歩踏み出すと、見えない壁をすり抜けたように膝から先が見えなくなる。しかし、ダメージなどはなく見えないものの足の感覚もあり向こうで地面を踏みしめているのが伝わってくる。

サリーがそのまま前に歩いていき見えない壁をすり抜けると、そこでは眩しい光が降り注いでおり、水中との差に反射的に目を閉じるが、光に目を慣らすようにゆっくりと開いていく。

「これは……」

「すごいでしょ！」

目の前に広がっていたのは八層ではどこにも見られなかったような地上の景色だった。地面は草花に覆われ、動物が駆け回っている様子が見られ、鳥の囀りも聞こえてくる。そして何より違うのはこの場所は水に沈んでおらず、見上げればそこには遮るもののない空が見えた。

判定としても水中ではないようで、既に潜水服を脱いでいるメイプルに合わせて、サリーも潜水服を脱ぐ。

「完全に隔離された空間なのかな。転移したわけではないみたいだけど」

「サリーの後ろ辺りから外に繋がってるみたい！」

それはメイプルが顔だけ突き出してサリーを呼んだことからも察せられる。

動物達も敵対的ではないようで、二人に気付いてこそいるものの攻撃してくる様子はない。

「で、それはそれとして……明らかに怪しいものがあるね」

「うん、あれだね！　変わった形……」

他の層と変わらない地上の景色とそこに棲む生き物達以外に、ここには見逃しようもないものが一つ配置されていた。

それはボロボロになってしまっているものの、確かにそれと分かる形を残す木製の大きな船だった。側面に大きな亀裂が入り、植物に侵食されてしまいすっかり動物の住処（すみか）となっているが、飛び上がって甲板に降りるなり亀裂に入るなりすれば内部も探索できそうである。

「また光が強くなった？」

「ちょっと眩しいかも……」

変化が起こっていることから何かに近づいていることが分かり、明らかに雰囲気の違うこの場所からその何かまではもうそう遠くないことが予想できる。

「入らないで帰る訳にもいかないし、行ってみよう」

「もちろん！」

二人が所持する回数制限付きのスキルもまだ残っている。リソースが削られていないなら、よっぽどのことが起こらない限り二人がやられることはないため、ここまできて探索を躊躇う理由はない。

「どこから入る？」

「やっぱりちゃんとした入り口からの方がいいのかな？　あの割れてるところは違いそうだし……」

「なら上だね。糸繋いで行ってもいいけど……結構高いしお願いできる？」

「うん！　シロップ【覚醒】！」

メイプルはシロップを呼び出すとそのまま【巨大化】させて宙に浮かべる。

モンスターがいないなら、急いで登らなくとも問題ないのだ。そうしてシロップの背に乗って上昇していくと甲板部分が見えてくるが、そこにもモンスター等がいる気配はなく草花の絨毯の上で動物達が眠っているだけである。

「降りても大丈夫そうだね」

「そーっと降りるよ」

メイプルは甲板の高さまでゆっくりと高度を下げて、船へ移るとシロップを一旦指輪に戻す。

「じゃあ早速中に入ろうか」

「おー！」

二人は内部へ続く階段を下りて様子を窺う。外まで広がっていただけあって船の内部も植物で溢れており、本来あっただろう家具などは最早見る影もない。

「中にもモンスターはいないみたいだけど……一応警戒はしておくね」

「ありがとー！　何かあるかな？」

「あるとしたら奥だろうね。そこから他の部屋とか通路とかに繋がらないような所」

「探してみる！」

「うん、そうして」

大きな船ではあるものの、探索できる場所は限られており、メイプルが反応の変化に合わせて移動していけば大きく迷うこともない。

そうして、目的の場所は程なく見つかった。

メイプルの胸元の光に呼応するように淡く光を放つのは、船の中心部にあったため未だ壊れずに残っていたらしい壁のレリーフだった。

「ボス……って感じではないみたい」

「近づくよ？」

「いいよ。敵の気配も感じない」

サリーが警戒する中メイプルが何があってもいいようレリーフに近づいていき、それに手を触れた瞬間、メイプルの体から発せられていた光は一気に強くなって船室内を照らし出す。

それに合わせて地響きがして、今乗っているこの船が大きく揺れる。

どうやらそれは山が揺れているのではなく、船自体が未知の動力で動こうとしているためらしかった。

「わわわっ⁉」

「動く……⁉」

互いの姿も見えない程の光の中それぞれが体勢を整えて揺れに対処するものの、しばらくして光は収まっていきやがて船の揺れも完全に収束した。

「と、止まった？」

「……もう動かすことはできないのかもね。ほら、外から見ても分かるくらい壊れてたし」

「なるほど……そうかも」

この船を動かして持っていけるならすごいお土産になるのだが、そんなことはできないようだった。

「そうだ！　メイプル、何か変わった？　揺れもすごかったし、こっちまでアナウンス聞こえなくて」

アイテムやスキルに何か変化はないかと尋ねられて、メイプルは改めてそれらを確認する。

「『天よりの光』がなくなってて、代わりにスキルが……うん、一つ増えてる！」

「やっぱりそっちかあ。で、どんな感じ？　よければ見たいな」

もちろん今ここで使えるようなものであればの話だが、どうやら鍵となったアイテムの雰囲気通り、危険性の高いものではないようでメイプルはちゃんと効果を読んだ上で発動を試みる。

「【救済の残光】！」

スキルの宣言と同時、先程と同じような強い光が放たれた。メイプルの頭上に今まで見慣れたものとは違う尖った光が集まってできた輪が出現し、髪の色は金に目も青へと変わり、背には計四本の白い羽が生えて地面が発光し始める。思っていた以上のメイプルの変化にサリーは目を丸くしていたが、メイプルに近づいてどんなものかと様子を確認する。

「【身捧ぐ慈愛】に近いけど……それが進化したって感じ？」

「ううん、それとは別！　ほらっ【身捧ぐ慈愛】！」

メイプルが続けてスキルを宣言すると、もう二本白い羽が伸び、既にあった光の輪の内部に今まで通りの丸い輪が生成される。

「効果は？」

「えっとねー……範囲内にいる味方の人は状態異常への耐性が上がるのと受けるダメージが減るのと、徐々に回復するって感じ！」

「動ける【天王の玉座】みたいなスキルってことかあ……それだと私はとりあえずいいかな？」

サリーではダメージ軽減を行っても一撃なことに変わりはなく、そもそもＨＰが減ったうえで生きているという状況が存在しないと言っていいため回復効果も発揮されないだろう。

それに、【身捧ぐ慈愛】のように範囲内に効果があるのなら、メイプルとパーティーを組むことが多いサリーがもう一度ここまでの道のりをクリアして手に入れる必要もないと言える。

「メイプルじゃなければ範囲内ダメージ軽減スキルがいくつも重なるとすごい強化なんだけど……素で弾いちゃうからね」

【身捧ぐ慈愛】と持ち前の防御力で既に周りは傷つかないため、そこまで出番がないのも事実である。サリーとは別の理由でダメージ軽減も回復もほとんど使わないメイプルは【天王の玉座】も基本的に封印効果の方のみ役立てている状態なのだ。

「でも見た目はすごいね。また格が上がった感じするよ」

「羽増えたもんね！」

「これで飛べたらもっと強いんだけど……」

「それは爆発頼りかも」

背中の羽を動かそうとしてはみるものの、羽ばたいて飛んでいけそうな様子はない。

「収穫はあったかな。スキルはそれだけ？」

「えーと、【毒竜（ヒドラ）】みたいな感じでもう一つ！　あと……やっぱり！　【反転再誕】もできるよ！」

「なるほど？」

「皆にも見てもらおう！　スキルも皆がいた方が分かりやすいと思うし！」

そう言ってメイプルはサリーにウィンドウを直接見せて内包されているスキルを確認させる。

「確かに……そうかも。使う時は周りに人が多い時になるだろうし」

「だよね！」

「いいんじゃないかな。あ、新しい方の羽はしまっておいて。すごい効果ってほどじゃなくてもここぞって時に出したら一瞬相手の動きも止まるだろうから」

「うん！　切り札みたいにってことだよね！」

「そそ。ふふっ、分かってきたじゃん」

「えへへー」

ここでの用も済んだため、それなら早速戻ることにしようと、ログインしているギルドメンバーに連絡を取って、ギルドホームへ来れる人を呼んでから帰路に就くのだった。

ギルドホームまで戻ってきて扉を開けると、既に他のギルドメンバーが全員集まっていた。

「皆来てくれたんだ！」

「気になったしな。ったく結果出すのが早いなおい」

「面白いものが見られそうで楽しみだよ」

「早速訓練場に行きましょうか。他のギルドにはまだ秘密なのよね？」

「はい。隠しておけば初めて出す時に相手も怯むと思いますから。それにメイプルは今回のスキルが無くても戦闘に支障は出ないので……」

「理にかなっている。ただ、怯むようなスキルなのだな」

「どんなスキルでしょう……？」

「ううん、メイプルさんですから」

既に人の持つものでないあれやこれやが付属している今何が手に入っていてもおかしくはない。

「ふふふ、見れば分かるよ！」

八人はぞろぞろと訓練場へ入っていくと、少し前に出たメイプルのスキル発動を待つ。

「ちょっと待っててくださーい！　えーっと、この後それもするから……よし【クイックチェンジ】！」

メイプルは装備を変更して真っ白な鎧にするとその分のＨＰを回復する。

「よーし！　行きまーす！【救済の残光】！」

スキルの宣言とともに周囲の地面が輝きメイプルの背に四本の羽が生え、今までとは違う天使の輪が頭上に出現する。

「おお！　なんだ、綺麗なスキルじゃないか」

「……何が出てくると思ってたのかしら」

「いやほら、深海とかだとすげえ見た目の魚とかも多いだろ？」

ちょっと前にも触手を生やし始めたところだったため、どんなとんでもないものが飛び出すかと身構えていた六人だったが、純粋に見栄えのいいスキルだったこともありほっと一安心したようだった。

「この範囲だとダメージ軽減と回復ができて状態異常への耐性も上がります！」

「効果は……【身捧ぐ慈愛】をよく使ってるメイプルには不要かもね」

二人が感じたことと同じことをカナデも口にする。【身捧ぐ慈愛】があればメイプル以外はダメージも状態異常も受けないのだから広範囲に効果がある意味がなくなってしまう。

「だが、メイプルは新しい羽が手に入ったということで嬉しそうにしているぞ？」

「……それもそっか。なら価値もあるね」

効果を説明したところで、メイプルは今度は全員に近くに来て欲しいと呼びかける。

「まだ何かあるんですか？」

「これだけじゃない……ってことですよね？」

「それは発動してからのお楽しみってことで！　危なくはないから！」

全員がメイプルのそばまでくると、【救済の残光】の範囲内に皆が入ったことを確認してもう一つのスキルを発動する。

「ふー……【方舟】！」

メイプルのスキルの宣言と同時に地面を照らす光が強くなり、数秒して八人は光に包まれるとふわっと空中に浮き上がる。

「おおっ⁉」

「へー、面白いなぁ。勝手に浮いたよ。シロップもこんな感じなのかな？」

そうして空中に避難したのを確認すると真下からは大量の水が溢れ出し、凄まじい勢いで訓練場を埋め尽くしていく。設置されていたダミー人形も滅茶苦茶に押し流されていく中で八人を包む光は強くなって目の前が真っ白になる。

その直後一瞬上に引っ張られるような感覚があったと思うと、八人は水が引いた地上、しかし元いた場所とは違い訓練場の壁際まで移動していた。

「よかった、成功！」

そう言うメイプルの背中からは羽が消失しており他の変化も元に戻っている。

「大丈夫そうだね」

「うん、皆と一緒に戦う時に使えるといいなって！」

メイプルは動作確認をした上でスキルの詳しい効果を全員に伝える。【方舟】は【救済の残光】発動中にのみ使用でき、五秒の待機時間の後浮き上がって大量の水で攻撃するスキルだった。ただ、攻撃はあくまでおまけと言えるもので、メイプルがやりたかったのは移動の方だ。浮き上がった後、二十メートル近くある【救済の残光】の範囲内の任意の場所に効果を受けている味方と共に転移するというものである。

【方舟】を使うと【救済の残光】の効果は切れてしまうものの、メイプルにとっては特に問題のないことだ。

「なるほど……詠唱時間もメイプルの防御力があれば大きな隙にはならないだろう」

「物陰から背後に飛んで奇襲するとか、戦闘中に水で怯ませているうちに背後をとったり……避難にも使えるな！」

連発はできないためこれでメイプルの移動能力が改善されるわけではないが、戦闘中の選択肢が増えるのは喜ばしいことだ。

大量の水で視界を奪い目の前から一瞬にして背後に転移した時、相手が初めてそれを体験するのであれば不意をつける確率も高いだろう。

「隠しておくと上手く使える場面があるかもね。初めて見た時は混乱するだろうなあ」

「水も結構ダメージあるんですね！」

「置いてあった人形が……」

移動の方に興味があったメイプルにとってはおまけだったが、溢れ出した水の威力も中々である。スキルの試し撃ち用に設置されていた人形をボロボロにする威力なら、防御力が低い相手には十分脅威になるだろう。

「もう一つスキルがあるので待っててくださいね！【反転再誕】！」

メイプルはスキルを別のスキルに書き換えると今度は全員に離れるように指示する。

【反転再誕】によって変化するスキルが【救済の残光】であることは全員が察しているため、言われた通りに下がっていく。メイプルにとっては効果が小さいとはいえ、変化元のスキルの格が相当なものであることはメイプルの見た目の変化から読み取れる。であれば変化先のスキルもそれ相応になるだろう。

「範囲外まで出てくださーい！」

「範囲外⁉　相当広いぞ？」

クロムが驚くのも無理はない。【救済の残光】の範囲は【身捧ぐ慈愛】同様かなり広く、その範囲内にいてはならない何かが起こるとなればその危険度はかなりのものだ。

「【滅殺領域】！」

メイプルの宣言と同時、その背に黒い羽が伸び頭上に赤黒い光を放つようになった輪が出現する。バチバチと赤黒いスパークが散る中、地面は黒く染まりそこを同じ色の光が駆け回る。その身に纏った純白の装備すら漆黒に染まり、メイプルの纏う雰囲気は大きく変わっていく。スキル名とエフェクトからして踏み込んだ者はただでは済まないことが分かる。

「メイプルー！　どんな感じ？」

「えっとねー、これはこのままだと入ってきた人全員にダメージを与えて、そのあと状態異常と回復効果減少だって！」

元のスキルの効果を逆転させたような能力だが気になるところは全員にダメージを与えるという

メイプルの言葉である。

「全員って味方もか？」

「はい……そうみたいです」

このまま足を踏み入れればサリー、マイ、ユイが即死。次いで体力の低いカナデとイズが消し飛ぶことになるだろう。

「……ただ、ダメージは見ておきたいのはあるよな。せっかく訓練場なんだから……よし、ここは一旦俺が入ってみようかと思うんだが」

「そうだな。クロムがどれくらいダメージを受けるかによって、戦闘中の効力を予想することはできるだろう」

クロムはトップクラスの大盾使いであり、入ってすぐ死んでしまうということもないだろう。せっかく試しているのなら与える被害も見ておきたいものだ。

「よし、入るぞ！」

クロムがそこに足を踏み入れるとその体を伝うように光が弾け、ＨＰが減少する。

「メイプルがダメージを与えられるなら攻撃力依存ではないみたいだが、耐えられないことはないな」

ただ、一定時間ごとにダメージが入りパッシブスキルでの回復が阻害されていくとじりじりとＨＰの減少が多くなっていく。

「っと、流石にずっといるわけにはいかないな。結構痛えわ」

「クロムにもダメージが入るなら実戦でも使えるだろうな。展開するだけで魔法使いなどは離れる他ないだろう」

「あ、クロムさんもう一つ試したいことがあるので！」

「ん？　ああいいぞ」

「じゃあ【身捧（ささ）ぐ慈愛】！」

メイプルの四つの黒い羽の間から真っ白い羽が伸びてきて地面に新たなフィールドが展開される。赤黒いスパークと柔らかな光が訓練場を照らし出す中、メイプルは改めてクロムにこの上に乗ってほしいと伝える。

「確かにこれならいけるか……？」

クロムが再度領域内へ足を踏み入れると再び赤黒い光が襲ってくるが、それは【身捧ぐ慈愛】によってメイプルに受け止められる。

クロムよりも遥（はる）かに防御力の高いメイプルは自分のスキルを無効化して、クロムにいくはずだった被害をなかったものにした。

メイプルならば自分以外全（すべ）てを焼き尽くす領域を展開しつつ、味方を守ることができるため、有利なフィールドだけを適用可能なのだ。

「おっ、これなら問題ないな！　俺じゃなくてもちゃんと安全に乗れるぞ」

「戦略に組み込んでおくよ。メイプルを魔法使いの中に飛び込ませたらかなりの被害が期待できそうだし」

「突然降ってきたら怖いわねえ……」

「うん、驚くだろうね」

今まで以上に無差別な殺戮が可能になったメイプルのこれからの成長も期待しつつ、次の対人戦を見据えて同じように強力なスキルを探して、全員はまた探索へと向かうことにするのだった。

870名前：名無しの弓使い
水中探索ですねー

871名前：名無しの槍使い
ここまで全くやってこなかったから難しい
【水泳】も【潜水】もないが?

872名前：名無しの魔法使い

まだ潜水服あるだけマシかな
あとは息が続くようになるアイテムもあるし

873名前：名無しの大剣使い
水中だしなあ
戦闘も勝手が違う感じだ

874名前：名無しの大盾使い
サリーちゃんはもう既にスキルレベルマックスだから自由に泳ぎ回ってるぞ

875名前：名無しの弓使い
今までのどこでそんなに泳ぐ必要あったんだ……？

876名前：名無しの大剣使い
まずは地道に強化だな
勝手は違うが水中戦は新鮮で楽しくもある

877名前：名無しの弓使い
水中でもちゃんと矢が飛んでくれてよかったわ

878名前：名無しの槍使い
そういやメイプルちゃんは？
水中はキツいんじゃない？　ステータス足りなくて水中戦用のスキルも取れるようにならないし

879名前：名無しの大盾使い
楽しそうにやってるよ
その辺りを気にしてたらそもそも防御極振りにはならなかっただろうし……
あとはアイテムと息が長続きするタイプの潜水服でなんとかなってはいる

880名前：名無しの槍使い
それもそうか
楽しそうならよかったよ

881名前：名無しの弓使い

前見た時は楽しそうにジェットスキーでサリーちゃんと爆走してたぞ

882名前：名無しの魔法使い
イズの補給ラインが強すぎる
当然のようにジェットスキー作るな

883名前：名無しの大剣使い
俺も乗りてー
そのうちうちの生産職も作れるようになるかな？　楽しみだ

884名前：名無しの大盾使い
どうだろう
アイテムには詳しくないし工房もたまに見に行くくらいだからな

885名前：名無しの槍使い
未知の技術でアイテム作ってるらしいしなあ

886名前：名無しの魔法使い
皆はもう何か見つけたのかい？

887名前：名無しの大剣使い
言った通りまだまだ強化段階だな
それに偶然レアイベントに遭遇しても息が続かなかったとかになったら泣くに泣けん

888名前：名無しの魔法使い
確かにそうか

889名前：名無しの大盾使い
サルベージはスキルと装備が整ってようやくだな

890名前：名無しの槍使い
素潜りでたまたま探り当てるのを狙うより堅実にか

891名前：名無しの弓使い

いやしかし！　そこの大盾使い！
あなたのギルド真っ直ぐ潜って何か見つけてきそうな人ばかりです！

892名前：名無しの大剣使い
それはそう

893名前：名無しの槍使い
堅実なだけでもダメか……

894名前：名無しの魔法使い
あんなもん参考にしちゃいけねえ……

895名前：名無しの大盾使い
ついていけるよう俺も頑張るよ

896名前：名無しの魔法使い
頑張って

俺も何かしらみつけられるよう頑張るから
まずは水中戦に慣れるところから……機動力で魚に勝つのは難しく……

897名前：名無しの弓使い
メイプルちゃんばりの弾幕はないのでね
パーティー組んで人数の力で対抗させてもらおう

898名前：名無しの大剣使い
何かサルベージに成功したら話しに来るからな

899名前：名無しの大盾使い
おう期待してるぞ

そこに未知なるスキルやアイテム、ダンジョンを求めて、プレイヤー達はそれぞれがそれぞれのやり方で水中へと潜っていくのだった。

五章　防御特化とロストレガシー。

所変わって現実世界。日差しも強く夏になったことを実感させる中、楓はまだ比較的涼しい朝の通学路を歩いていた。

「あ、おはよう理沙」

「おはよう楓。暑くなったねー」

「あはは、もう夏だねー」

時間が過ぎるのは早いもので、二人がゲームを始めてから一年と半年ほどが経過したことになる。

話しながら学校までの道のりを進んでいると、話題は次第に共通のもの、ゲームの話に移っていく。

「今度は『ロストレガシー』に関する情報を探しに行かないとだね」

「うーん……どこにあるかなあ」

「気長に探してみるしかないけど、前提のアイテムを手に入れてるだけ他の人より進んでるからさ。ほら、アイテムの存在を知らないなら行き着いてもスルーしちゃうかもしれないし」

二人はロストレガシーという名前から機械に関連していそうだと当たりをつけているが、そもそ

も持っていない人は探索箇所を絞ることもできないのだ。

「手に入れたのは七層のイベントの時だったけど……」

「八層にあると思うよ。前回のイベント自体が八層に紐(ひも)づいたイベントって感じだったし」

「うん、全体的に水って感じだったもん」

「夏が来てるし涼しげでよかったかな？」

「八層もいるだけで涼しくなるよね」

「だねー……気づけば八層かあ」

「どんどん増えていったね！」

「新層にタイミングを合わせて今までの層にもイベントが追加されたりしてるし、またどこかで見に行ってもいいかも」

　カスミがテイムモンスター獲得のきっかけを四層で見つけた時と同じように、イベントは後から追加されることもままあるのだ。

　もちろん、最新の層に紐づいたものが多くはあるが層ごとに独立した完全新規イベントもある。

「まだまだ見つかってないのも多いだろうし、探索する先はいくらでもあるから時間がいくらあっても足りないくらいだよ」

　レベル上げをしつつ、探索もしてとなると時間はあればあるだけ欲しくなる。各層はそれぞれ広く、イベントも増えていくとなればそれも当然のことだ。

「すごいねー、やることいっぱいだ！　うぅ……来年は時間が足りなくなっちゃうからなあ」

「来年……そうだね」

二人はまだ学生の身であり、来年は特に集中して勉強する必要がある。楓の言うことはもっともであり、特段成績が落ちたわけではないものの理沙もまた勉強するようには言われるだろう。

「……ま、それもまだ先のことだから」

「そうだね！」

今はまだ夏である。それを意識するのはもう少し先でも構わないだろう。

「それに楓は今も勉強きっちりやってるし、大丈夫なんじゃない？」

「そうかな？　……そういう理沙は大丈夫なの？」

「これでもあれ以降ちゃんとやってるからね。私もキープしてるよ」

「おおー！　じゃあ安心だね」

「ふふ、今はゲームに専念できるよ」

二人はそうして話をしながら学校まで歩みを進める。楓は次はどんなイベントに出会うか楽しそうに想像しながら、理沙はそんな楓を見つつこれからのことを考えて、二人教室へと入っていくのだった。

首尾良く新たなスキルを手に入れることに成功したメイプルとサリーは次のスキルを探すことにして、日々水上をジェットスキーで走り抜けていた。

潜水服が強化されたことによって侵入に制限をかけられている場所は無くなったものの、それはようやくスタートラインに立ったというだけであり、探索箇所はかなり多い。

「優先順位はもちろんあるけど、最後は総当たりに近いかなー」

「機械いっぱい沈んでるもんね」

次なる目的は『ロストレガシー』の使い道を見つけることである。アイテム名から予測し、あちこちに沈んでいる機械とかつての文明の跡を中心に探索を繰り返しているが、まだそれらしいイベントもダンジョンも見つかっていない。

「もう結構いろんなところ行ったけど……見つけるの難しいなあ」

「今日こそ見つかるといいね。ここもかなりありそうな場所だよ」

サリーはジェットスキーを停止させるとメイプルに水中の様子を見るように言う。言われた通りに水に顔をつけたメイプルが見たのは、遥か下の地面にできた巨大な亀裂である。

透き通った水中には遠くからでもその辺りを泳ぎ回る何体ものモンスターが見えるが、亀裂の奥は暗く深い青となっており、その内部の様子を知ることはできない。

「……ぷはっ、サリー！　あの中？」

「そう。早めに行きたかったんだけど、中は酸素の減りが速いらしくて」

「それで今まで行ってなかったんだね」

サリーはともかく潜水服によって水中での活動時間を手に入れているメイプルは、強化して性能を高めておかなければ探索もしにくいのだ。

「底がどれだけ深いか分からないのもあってまだ何かがあったっていう報告は上がってきてないんだ。基本暗いから何かがあっても見逃しやすいうえに、じっくり探索もできないっていう」

「むぅ、なかなか大変そう」

「いいものを引き上げられると良いね」

「うん！」

二人はイズのアイテムを使い、きっちり潜水服も着込むとジェットスキーをしまって水中へと飛び込む。

「入り口までもモンスターは結構多いから、メイプル頼める？」

「まっかせて！【全武装展開】！」

数が多い場合はサリーよりメイプルが適任である。メイプルは兵器を展開すると下を向いて沈んでいく。そうして、モンスター達が射程内に入ったところで一気に攻撃を開始した。

水を裂いて降り注ぐ弾丸とレーザーの雨はまだメイプルを攻撃対象として見ていなかったモンスターを次々に撃ち抜き、大ダメージを与える。攻撃を受けたことによってメイプルへ反撃しようと体の向きを変えるものの、上を取って既に射程内にモンスターを捉（とら）えているメイプルの方が圧倒的に有利なのは変わらない。

近づけば弾幕は濃くなり自ら死地に飛び込むのと変わらないが、そのままいても蜂の巣である。

「流石（さすが）に相手にならないか……」

「これくらいなら大丈夫！　それより急がないと！」

「うん。余計なところに時間をかける余裕はないよ」

こうして二人はモンスターを撃破しつつ潜り、無事に裂け目の入り口まで辿（たど）り着（つ）いた。今の二人なら通常のフィールドにいるモンスター程度に後れを取ることはない。

「おおー……深いね」

通常の水中なら考えられないことではあるが、足元の巨大な裂け目から下は濃い青の絵の具を混ぜたように暗い色になっている。ここまでの透き通った水中とは違いその先は全く見えず、水中神殿の隠しルートよりなお暗いほどだ。

「行くよ。いつもより酸素の減りが速いから気をつけてて」

「分かった！」

二人はヘッドライトをつけると裂け目へ一歩足を踏み出す。

すると暗闇にズッと足が飲み込まれて、足下に地面がないことが伝わってくると共に二人の体は暗い水の中へ沈んでいく。

「すごーい、夜でもこんなに暗くないよ」

「本当にかなり暗いね。ヘッドライトが向いてる方以外は何か来ても気づけないかも」

この暗さでは少し気を抜くととなりにいるメイプルともはぐれてしまいそうになるほどだ。

「じゃあ……そうだ【身捧ぐ慈愛】！」

メイプルがスキルを発動すると光が溢れその背中に白い翼が現出する。

「これならサリーも守れるし目印にもなるよ！」

「おおー、一石二鳥だね」

少し前にメイプルが目印になっていたのは爆弾を抱えて空に打ち上がっていた時のため、それと比べれば随分健全な目印である。

「あとは飛び込んだ位置的に後ろが壁になってるからこれに沿って下りていこう。そうすればどうやってもライトで見えない背後からの奇襲は防げるはず」

「うん！　そうしよう！」

サリーも警戒しているとはいえ、減らせるリスクは減らすに越したことはない。

「モンスターも変わるだろうから気をつけて。暗闇を上手く使って攻めてくると思う」

「おっけー！　近づいてきたら攻撃だね！」

姿が見えないため先程のように遠距離から兵器によって先制攻撃はできないが、それがメイプルとサリーの得意分野というわけでもない。二人は後衛の魔法使いではなく、本来得意とするのは近距離戦なのだ。【身捧ぐ慈愛】も展開している以上、近づかれることはそう悪いことではない。

「本当に真っ暗だ……」

「真ん中の方から潜ったら背中側の壁もないからどこを向いているか分からなくなりそう」

「サリーみたいな戦い方だと良く動くもんね」

水中であることを利用して立体的に動いてモンスターを攻め立てることは可能だが、こう暗いと正確に自分の向きを把握していなければ潜っているつもりが浮上していたなんてこともありうる。

「ボスとか……とんでもないモンスターが出てこない限り、戦闘は抑え目にするよ。その分……」

「うん、任された！」

「ありがとう。無視できるモンスターは無視して進んで大丈夫。経験値が欲しいわけでもないし」

「分かった！」

欲しいのは経験値より酸素なため、余計な戦闘は避けて底を目指すことにしたのだ。

とはいえ亀裂は深く縦横の幅もかなり広い。ただ、壁際にはモンスターがそこまで配置されていないのか、二人は何かに出会うこともなくしばらく潜っていく。

「本当に進んでるのかな？」

「沈んでいる感覚はあるし大丈夫……のはず」

こう暗いとその場から動いていないような気すらしてくるが、そんな二人の目線の先にヘッドライトとは違う青い光がぼうっと浮かび上がったのを見て話は変わった。

「お。やっぱりちゃんと移動できてたみたいだね」

「アイテム？　イベントかな？」

「動きはないけど……メイプル」

「なあに？」

サリーがメイプルにあることを話すと、メイプルはなるほどと頷いた。

「確かに……見にいく時は慎重に、だね！」

「うん。私達に不利な条件下だし、カバーし合えるとも限らないから」

あくまで慎重に、何かあったら下がることを意識して二人は一緒に光の方へと近づいていく。

そうして光に手が触れられそうな距離まで来た瞬間、何も見えなかった暗闇がゆらめき、ヘッドライトによって鋭い牙が照らし出される。

「メイプル！」

「うん！」

二人が素早くバックするとさっきまで二人がいた位置を飲み込むように開かれた口が閉じられる。

「やっぱり誘き寄せるためだった」

「サリーの思った通りだったね！」

暗闇に完璧に紛れるのもスキルだったのか、一度口を開いたことで姿がきちんと見えるようになった。暗闇は変わらないが、浮かび上がるように輪郭ははっきりとしている。

「チョウチンアンコウみたいな感じ？」

「モチーフはそれだと思う。見えちゃえばこっちのものだね」

サリーは水を蹴って加速すると一気に接近して大きな体の側面へと回り二本のダガーで斬りつける。隠れて相手を待ち構えるスタイルなだけあって、チョウチンアンコウの動きは鈍くサリーの機動力には全くついていけていない。

「【砲身展開】！【攻撃開始】！」

そんな動きでメイプルの弾幕から逃れることができるわけもなく、次々に放たれる銃弾が体を貫いていき次の行動を取らせずにその体を光にして消滅させた。

「ナイスメイプル！」

「これくらいなら大丈夫！」

「変なものが見えたら要注意だね。擬態して待ち構えてるかも。さっきのにはもう引っかからないだろうけど」

「分かっちゃったもんね」

「それとは別に普通に近づいてくるのもいるかもしれないから警戒はしておいて」

「はーい！」

それからしばらく潜っていくが、襲いかかってくるモンスターは初めこそ二人を驚かせるものの、姿を見せてしまえばそれ以降は一方的な勝負になっていた。

二人の戦闘能力は高い部類に入るため暗闇を利用しての初撃で有効打を与えられなければ、隠密に頼っているステータスの低さを突かれてしまうのだ。とはいえ、サリーの警戒を潜り抜けた上でメイプルにダメージを与えられる攻撃をぶつけるのは至難の業であるため仕方のないことでもあるのだが。

「順調に進んではいるんだけど……んー」

「全然底に着きそうにないねー」

「酸素は大丈夫？」

「減ってきてるけど、イズさんのアイテムと潜水服のお陰でなんとかなりそう！」

「酸素は半分少し手前まで減ったら言ってね。帰りが魔法陣とも限らないわけだし……」

「うん！」

今は警戒しつつの潜水なため、水面まで戻ることだけを考えて浮上すれば帰りの方がかかる時間は短いだろうが、それでも何かあったとしても引き返せるだけの余裕を持って潜った方が安心である。

そうやってさらに潜ることしばらく。暗い水中ではあるものの、メイプルの【身捧ぐ慈愛】の光に照らされ大量の背の高い岩が並ぶ、岩の森とでも言うべき場所が目の前に広がった。

「底が見えてきたかな？」

「後ろの壁以外にも水じゃないもの見えてきたもんね！」

目の前に並ぶ岩石はまだ根本は見えないものの、ここまでにはなかったものだ。触れてみるとしっかりと下で地面と繋(つな)がっているようでびくともしない。この岩が不思議な力で浮かんでいるなどというのでないなら水底ももうすぐだろう。

「……！　メイプル、こっち！」

そろそろ終わりが見えてきたかと、メイプルが一息ついたところでサリーがその手を引いて岩陰へと引っ張り込む。

「ど、どうしたの？」

「……何かいる」

サリーが言うなら間違いないのだろうとメイプルは素早く【身捧ぐ慈愛】を解除する。実際にモンスター相手に光で探知されるかは確かめてみなければ分からないが、見つかる可能性を下げた方がいいことくらいはメイプルにも分かってきていた。

再び暗闇(くらやみ)が訪れた中、岩陰から少し顔を出して二人は闇の向こうに目を凝らす。

暗闇の向こう、岩の密林の間をすり抜けるようにして青白い光がすうっと横切っていく。その光の中には、何か獲物がいないか辺りを見ているのであろうゆっくりと動く瞳が見えた。

泳ぎまわっている巨大な何か。それは普通のモンスターとはどこか違うように感じられた。

「おっきかったね……」

「見つからないように行こう。多分、戦闘する相手じゃないと思う。ボスっていうよりは……覚えてる？　第二回イベントのカタツムリみたいな」

「あっ！　倒せなかったカタツムリだよね？」

「そうそう」

ただ強いモンスターなら戦いようはあるが倒す方法がないとなると話は変わってくる。

「一瞬だったからＨＰバーが見えなかっただけかもしれないけど、もともと時間に余裕があるわけでもないから戦闘は避ける方向で」

「うん！　隠れながらだね！」

「そうしてくれって感じの地形だし。近づいてきた時は私が察知する」

「分かった、任せるね！」

「ん、任された」

岩陰がいくつもあるこの場所であれば隠れながら探索することは容易である。初見でも接近に気づくことができたサリーがいれば、存在を知った今、気づかずに近づかれることもそうそうない。

うろつく巨大魚を新たに警戒対象に加えてもう少し潜ると、予想通り水底までたどり着くことができた。ここからは何かがないか探して回ることとなる。とはいえ、そこまで酸素に余裕があるわけではないため常に残量には気を遣っておく必要がある。

「この中を進んでいけば大丈夫？」

「ずっと壁際にいても仕方ないしね。そうしよう」

二人は立ち並ぶ岩石の間へと入っていく。サリーはモンスターに対する警戒、メイプルはアイテムやイベントらしきものがないかに気を配りつつ【カバー】によって突然の攻撃に備える。

「……右にいる」

「じゃあこっちだね」

暗闇の中でも、チョウチンアンコウの時のように完璧に紛れていなければ、僅かな変化があるものだ。と言ってもメイプルはそれを感じ取れないため、サリーの行う索敵が皆が皆できる芸当でないことは間違いない。

見つかってしまった時に何があるか分からないため戦闘を回避しているが、ただ、それは同時に探索速度の低下をもたらす。

仕方のないことではあるものの、タイムリミットは刻一刻と迫ってきていた。

「メイプル、何か見つからない？」

「だめー、見つかってないよ……広いし暗いし、どこかにあるのかもしれないけど」

普段とは違い遠くまで見通しが利かないため、すぐ近くを通ることができなければ何かがあっても見逃してしまうだろう。

「手間だけど何回も潜るしかないか……」

「でも、本当に宝探しって感じだね！」

「……それもそっか。そうだね、宝物にヒットするまでやってみよう。これだけ大規模なのにまだ特に報告がないわけだし、何もないってことはないはず」

この暗闇では発生に条件がある隠しイベントでなくとも、そもそも隠されているようなものである。

しばらくすれば何かが見つかることもあるかもしれないが、自分達で見つけ出す楽しみというのも確かに存在する。メイプルがそれを楽しんでいることに、サリーはほんの少し微笑(ほほえ)んだ。

「とはいえ、もう少し進んだら今回は引き上げかな。途中どれくらい戦闘になるか分からないし、予期せぬことっていうのは起こるものだからね」

「うん、そうだね。また潜水服強化しておかないとなあ……」

強化はほとんど終わっており、潜水服はほぼ最高性能になっているがまだもう少し強化の余地がある。普通のフィールドを泳ぎ回る分には現状でも全く問題はないが、これからもここに潜るなら少しでも活動時間を伸ばしておく必要がある。

メイプルの酸素を確認しつつもう少し探索を進めたものの、特に何かが見つかることもなくタイムリミットがやってくる。

「むぅ、残念」

「また来ればいいよ。メイプルは運がいいし、次は見つかるかも」

「そうかな？　見つかったら嬉しいね！」

「じゃあ浮上しよう……待って！」

浮上しようとした所で岩の向こうから大きな影がすっと姿を見せる。サリーは急いでメイプルを連れて岩陰に隠れるものの、ちょうど開けた場所だったこともあり隠れきれず巨大魚の様子が変化した。

「サリー、サリー、目の光が黄色くなったよ」

「……警戒モード？　直接襲ってきてないだけ助かるか……」

「信号みたいな感じってこと？」

「大体そうかな。そうやって危険度が表されること結構あるし。あれが赤くなったらヤバいかも」

「……分かった」

こそこそと話しつつ巨大魚が元の目の色に戻ってどこかへ去っていくのを待つ二人だが、そういった様子は見られない。こうしているうちにもメイプルが安全に浮上できるよう余裕を持たせていた酸素は減っていく。こういう状況を想定して余裕ある探索をしていたことが二人を救っている形ではあるが、状況が悪くなっているのが現状であり喜ばしいことではない。

「なかなか離れないね」

「根比べをしてる余裕はそんなにないんだけど……無理矢理脱出するか、他に何か試せることは……」

考えるサリーの横でメイプルも自分に何か使えるスキルやアイテムはあったかと考える。

「サリー」

「何か思いついた？」

「一回完全に見えなくなったら諦めてくれないかな？」

「んー、可能性なくはないけどどうやって？」

「ほら！　シロップの【大地の揺籠】！」

二人は今亀裂の底まで辿り着いている。八層では珍しく、ここなら立っている地面に潜りこむことのスキルを使うことができる。

「確かに試してみてもいいかも。駄目だったらそれはそれで。ここでの探索でどうしても使いたいスキルってわけでもないし」

どのみち今回はここで撤退なため、使えるスキルは使ってしまっても問題ないのだ。

「分かった！　シロップ【覚醒】【大地の揺籠】！」

スキルの宣言と同時に二人は地面の中へと潜り込む。これで巨大魚の視線からは完全に逃れることができたが、スキルの効果が切れるまではどうなっているかは分からない。

「上手くいったかな？」

「どうだろう。そうだと助かるけど」

少ししてスキルの効果が終了し、元の水中へと放り出される。元々いた通りの位置に飛び出したメイプルとサリーは岩に身を寄せて、どうなったかと巨大魚を確認する。すると、そこには変わらず暗闇の中に浮かぶ黄色い光が見えていた。

「うぅー、駄目かあ」

「時間経過で解除されるっぽいね。メイプル、あとどれくらい酸素は持つ？」

「結構減ってたから、えーっと……あれ？」

「どうかした？」

「回復してるよサリー！」

「えっ、本当に？」

サリーがメイプルの酸素を確認すると、本当に酸素が全回復していることが分かる。それを見てもしかしてと自分の酸素も確認する。

「私も回復してる」

「そうなの？」

「……あそこ、水の外なのかな」

心当たりがあるとすれば地面の中に潜り込んだことである。地に足をつけた上でこのスキルを発動したくなる場面がなかったため知らなかったが、むしろ可能性はそれしかない。

「これならまだ潜れるよ！」

「計算外だけど、嬉しい誤算なら大歓迎。じゃあもうちょっと様子を見ようか」

「そうしよ！」

メイプルの酸素問題が解決したため、もうしばらくここで様子を見ていても構わなくなったのだ。

それならばと警戒が解けるまでじっとその場で巨大魚の様子を見ていると目の光が青に戻り元通りの周回へと戻っていく。

「おおー！」

「行ったね。ふぅ……諦めてくれたみたい」

「じゃあ探索の続きだね！」

「酸素も回復したし、もう一回来るのも手間だからね。行けるところまで行こう」

こうしてメイプルとサリーは偶然の酸素回復を経てさらに先へと進んでいくのだった。


岩石の森を抜けた先、砂の積もった水底で岩陰に隠れて、先ほどまでうろついていた巨大魚がこちらまで来ていないかを警戒するが、どうやらテリトリーはあの岩石地帯までのようでしばらく待ってみてもあの青い光が見えることはなかった。

「ふぅ、これならもうこないかな」

「見つかったらどうなったんだろう？」

「分かんない。でもいいことは起こらなそうだった。気になるならしばらくしてから一緒に情報を見てみる？　見つかって何があったか誰かが書いてたりするかも」

「なるほど」

「自分で見つけていくのも楽しいし、他の皆にどんなことがあったか見たりするのもそれはそれで面白いよ」

「今度そんな感じで見てみようかな？」

メイプルが情報を見る時は必要なスキルがどうしたら手に入るかや、どこにあるのかをさくっと調べるだけでそれ以外のものは見ていない。

「楽しみ方はいくつもあるからさ」

「じゃあ最初は詳しそうなサリーに教えてもらおっと」

「ん、予想外なことが起こるイベントとかダンジョンの話、探しておくね」

未知の脅威がとりあえず去ったこともあり、二人は和やかな雰囲気で暗い水の中、ヘッドライトに照らされた砂地を歩いていく。

「さっきと違って開けてるしここなら何かがあった時見逃しにくいかな」

奇襲されにくい環境でもあるため、サリーもイベント探しに集中できる。であれば、ヘッドライトの届く範囲のものを見逃してしまう可能性は低い。

「特に何もないっぽい？」

「だね。見逃してはないはず……？」

「サリー？」

地面を歩いていたサリーは足先に僅かな揺れを感じて立ち止まると、少ししてそれに気づいたメイプルが振り返る。

「どうかし……わぁっ⁉」

直後メイプルを飲み込むように砂が巻き上がり、砂中からウツボなどに似た長い体の魚が姿を現す。

「何もないってことはなかったか……！」

「だーいじょーぶ！　ダメージはないよ！」

「おっけー！　でもこれ、来るよ！」

真上へ泳いでいったウツボに噛みつかれたままのメイプルの場所をヘッドライトの光で把握して、暗闇の中に声をかける。

直後あちこちから砂が舞い上がり二人程度なら軽く丸呑みにできるような巨大ウツボが大量に現れる。

「まったく……全部スケールが大きいんだけど」

メイプルとは距離が離れているため半分ほどは上に、残りはサリーの方へと向かってくる。暗闇で正確に数は把握できないものの、全方向から迫って来ていることは分かった。

「ついて来れるものなら！」

サリーは砂を蹴って一気に浮上すると集中力を高めて迫り来るウツボの大きな口をギリギリで回避する。鋭い牙を持つあの大口に噛みつかれればひとたまりもないが、躱してしまえばその巨体が隙を生む。

「はあっ！」

自由に上下に動きやすい水中であることを生かしてサリーは口元から体の端までを側面を沿うようにしてダガーで斬り裂いて抜けていく。

「相当効いたでしょ……次！」

サリーに対して攻撃を仕掛ける度その長い体に二本の赤いラインが入りダメージエフェクトが弾ける。

「数は多いけど、それ頼りで大振りだし怖くない！」

暗闇に乗じたとてそれだけではサリーには届かない。全員で同時に攻撃してくれれば少しはチャンスもあっただろうが、ウツボにはそこまで最適な動きはできない。

そうこうしているうちに、暗闇を裂いて深紅のレーザーが大量に地面へと降り注ぐ。

「海の中でも雨は降るんだね……レーザーのだけど」

ウツボが高い位置までメイプルを持ち上げてしまったがためにメイプルが地の利を得てしまった

のである。地面に向けて放たれるレーザーが上でメイプルに群がっているウツボを焼きながら下まで飛んできたのだ。

途切れることなく続くレーザーの雨はウツボの全身を焼き焦がしダメージを与え続ける。

味方であるサリー以外のこの領域内の生物は許容できるものではないダメージにさらされ続けるのだ。

「これなら避けてるだけでも十分だけどっ！」

メイプルに任せっきりにしても、このウツボくらいなら倒し切ってくれるだろうが、【機械神】の兵器も有限だ。裂け目がどこまで続いているか、どんな敵が出るかは分からないため、サリーがサボらずにダメージを与え続けることには意味がある。

肝心の時に弾切れでは困るのだ。

サリーは斬りつけてダメージを蓄積させ、メイプルは上から広範囲に無差別攻撃をして襲ってきているウツボ達の総ＨＰをどんどんと削っていく。

数が減るのにこそ時間はかかるが、それはたいした問題ではない。

そうしてしばらくするとレーザーに多く被弾した個体から順にＨＰが尽き、光となって爆散し始める。特定の個体を狙(ねら)って攻撃していた訳ではないためＨＰは概(おおむ)ね均等であり、一体の死を皮切りにウツボは次々とその命を散らしていく。

暗闇を死亡時の光が照らす中、かなり上にあったメイプルのヘッドライトの光の位置が下がってくる。

「お帰り。ナイスダメージ」

「結構当たっててよかったー。ちゃんと見えてなかったから不安だったよー」

「体が大きかったのがこっちに有利に働いたね」

「うん！　わぁ……流石にあんなに倒したらすごいね」

順に死亡時のエフェクトは消えていくが、巨大だったことと数が多かったこともあり、まだキラキラと降ってきているところだった。

「マリンスノーみたい」

「あ、それ聞いたことあるかも！」

「流石に本当はこんなのじゃないんだけどさ」

「もう出てこないよね？」

「この辺りにはいないんじゃないかな。全部飛び出てきた感じだったし」

サリーの予想通り、いるだけ全て襲いかかってきていたようでその脅威を排除した今、当分は静けさが約束されているようである。

「この辺はまだ何かある感じじゃないし、もう少し行ってみよう」

「何か沈んでないかなぁ」

「気をつけて探す他ないね」

「頑張ろっと！」

メイプルは左右を都度確認して何かものが転がっていないかを確かめながらサリーの前を進んでいくのだった。


相変わらず景色の一切変わらない水中を進む二人は、途中で酸素が回復したこともあり、初期の想定よりもかなり広い範囲を探索していた。

「どれくらい泳いだかなあ？」

「マップで見るとちょうど亀裂の真ん中に差し掛かるところ。ほぼまっすぐ進んでるから端の方とか逆側の壁際とか、調べられてないところは多いけど」

潜ってみるまでは分からないことだったが、水底は何種類かの地形がつなぎ合わされてできあがっており、二人が通過した岩石エリアや砂地エリアのように特徴の異なる場所があるわけだ。

「砂地の所はさっきみたいな奇襲メインのエリアっぽいし、目的のものがあるなら別の場所かなあ」

「砂ばっかりだもんね」

「埋まってるってこともありえるけどそれは探しようがないし」

何の目印も確証もなくこの広い砂地を掘って回るのは流石に良くない。ないことを証明するのは難しく、キリがないからだ。

「モンスターは何とかなるよ！」

「ささっと抜けちゃおう。タネが分かれば下からの奇襲も怖くないし、経験値とかドロップ品が欲しいわけでもないしね」

砂地エリアに用はないと、二人は足下から飛び出してくるモンスターを撃退しながら砂地が終わる所までやってきた。少し先を照らすヘッドライトは今度はまた岩石らしい硬い地面を浮かび上がらせている。

「また岩っぽい？」

「マップから見るに間違って引き返してはないからさっきと場所は別だね。それにほら、さっきみたいな背の高い岩はないし」

「本当だ。そうだね」

「隠れにくくもなってるしさっきのもきっとここにはいないでしょ……そもそも難易度が上がったんだって言われたら話は別だけど」

「ここだと隠れる場所少なくて大変そう……」

「ま、慎重に進もうか。また酸素減っていっちゃうしね」

「そうだ！　のんびりしてたら探索できなくなっちゃう！」

過剰に警戒していても仕方ないと、二人は新たなエリアを泳いでいく。するとごつごつとした岩の他に、ボロボロになってしまってはいるものの、石レンガらしき物が転がっているのを発見した。

「サリー、サリー！　どうどう⁉」

「水に沈んだ何かがありそうだね。この辺りの探索に時間をかけない？　移動が長くなっても得る物少なそうだし」

「さんせーい！」

「まだここにどんなモンスターがいるか分からないからメイプルの隣に居させてもらうね」

「いいよ！　頑張って守るから！」

「期待してる」

二人がさらなる手がかりはないものかと探索を進めると、かつての人の痕跡をいくつも見つけることができた。ボロボロにこそなっているものの元が頑丈な素材でできているものは痕跡として分かるくらいにはその形を留めている。

「こっちにもあるよサリー！」

「落ちている数も増えてきたし、ちゃんとこのエリアの中心部に近づけてるってことだと思う」

順調なのは良いことである。そうしてあっちにもこっちにもと泳いでいくメイプルだったが、ふと前方へヘッドライトを向けた時ついにその場所は暗闇の中に浮かび上がった。

「家があるよ！」

「ボロボロだけど……確かに建物だね。町、かな？」

そこはかつての町の入り口だった。ライトの向きを変えて様子を見るとほとんどの建物は倒壊しており、そうだと分かる形が残っているのは少数である。ただ、積み重なった瓦礫の量はこの町の規模が中々に大きかったことを伝えている。

「入ろう！」

「うん。モンスターの気配もない」

ここまで来て中へ入らない理由はない。砂地エリアと比べて物陰が多くなるため、また奇襲には気をつけたうえで町の中を泳いでいく。

「入れそうな建物あるかな？」

「瓦礫の下は探せそうにないし、そっちが本命になるね」

「ふふふ、遺跡探索も慣れたものだよ！」

「ええー？　本当かなあ？」

「ど、どうかな？　でも、結構やったからね！」

「うん。今までとは比べ物にならないくらい探索してるね。何かありそうな雰囲気とか気付いたりできるかもよ」

メイプルの直感のままに回ってみればいいと、サリーは探索を一任する。

メイプルもやる気十分なようでまず近くの建物の中へと入っていく。

扉も家具も、何なら屋根すらない家の跡を確認するが中には特に何も見当たらない。

ほとんどのものはこの大量の水が滅茶苦茶にしてしまったことが察せられる。

「むぅ、何もないかあ」

「次だね」

「うん、どんどん行こー！」

少し試して見つからなくとも、もう諦めることはない。切り上げるのは探して探して、それでもなかった時である。

元気に前を行くメイプルの後を追いつつサリーも何か見落としがないかを確認する。

せっかくここまで潜ってきたのだから、何かを持ち帰りたいものである。メイプルのためにも、もちろん自分のためにも。


泳ぎまわっていたもののどうやらモンスターはいないようで、それならばと少し距離を空けて二人で効率よく探索を進める。もちろんヘッドライトの光が見えたり声がちゃんと届いたりする距離感は保ってである。

「メイプルー！　何かあったー？」

「あったかもー！」

「そう、あった……あった⁉」

さらっと返ってきた言葉をそのまま流しそうになったサリーだが、ヘッドライトの光を目印にメイプルの方へと向かう。

「で、何があったの？」

「あ、サリーこれこれ！」

「これは……石碑？　確かにただの石じゃないっぽいね」

近くの建物の瓦礫が雪崩れ落ちてきて、それに巻き込まれた状態になっている石碑は周りの水と同じような暗い暗い黒色をしていて、他の瓦礫に見られる石や鉄などとは違った雰囲気を感じさせる。

「で、何か書いてあるんだね……これは」

「多分文字なんだけど……」

瓦礫によって削られたのか全て完璧に残っているわけではないが、黒い石碑の表面にはカナデにほんの少し教わったもののような文字が並んでいる。

「サリー読める？」

「いや、まあ……ちょっとは。ほとんど分からないけど」

「私もあの時教えてもらっただけだし……うぅ、授業の回数が……」

二人とも頭が悪いわけではないが、いきなり未知の言語を覚えるのは無理がある。

そんなことができるのはそれこそカナデくらいだろう。

「「…………」」

二人は顔を見合わせると、これしかできることはないと、ウィンドウを開いてメッセージを打ち込み始める。

少し待つとメッセージの送り先であるカナデから返信が届いた。

『面白いもの、見つけたみたいだね。まだまだ読むのは難しいだろうから手を貸すよ。所々欠けているから補って翻訳しよう。町の中央に何かがあるみたいだね。大事なものらしくて封印されて厳重に守られているんだって。行ってみたら？　探索の楽しい話を期待してるよ』

「返事が早くて助かる……なるほど封印か」

「何があるんだろう？」

封印されている物によっては戦闘もありうる。となれば酸素がどれだけ残っているかは重要になってくる。

「メイプル、戦えそう？」

「スキルはバッチリ残ってるよ！　酸素も何とかなると思う！」

「なら、早速中心まで行ってみよう。カナデにはお礼を言っておいて……よし」

目的地も定まったため、町の中央へ向かって進路を変える。周りの探索は一旦後回しにした。

元々町の中へ結構入り込んでいたこともあって、中央と思しき場所には直ぐに辿り着いた。

「あれかな？」

「恐らく」

そこには同じく黒い石材によって作られた建物があった。ただし、厳重に塞がれていたのは石碑が作られたときと同じ遥か昔のことだったようで、この水が溢れ出た際に破壊されたのか、入り口の扉は歪んで外れる寸前になっており、扉としての役割を果たしていない。これなら隙間から中へ入り様子を確認することもできるだろう。

「外観からして特に中が広いってこともなさそうだし入ろうか」

「この辺りのモンスターおっきいしあんなちっちゃいところ入らないよね」

まさか待ち構えられていることもないだろうと、二人は中へ入ってみる。予想通り、特に何かがいるわけではなく、中は静寂に包まれていた。

奥行も五、六メートルといったところで、トラップらしきものも見当たらない。

壁伝いにぐるっと中を見たもののあるのは一つの台座とそこに書かれた文字だけだった。

「……うわ」

「くぅ、助けてカナデー！」

今から臨時授業ではどう足掻いても間に合わないため、先生そのものを呼び出す他ない。

カナデとしても文字が使われているのが一箇所だけではないことが予想できていたため、もうしばらく二人から追加で何かメッセージが来ることもあるだろうと思っていたので返信は直ぐに届いた。

「えーっと、それぞれの壁に対応する属性の魔法を当てる？　だって！」

「これそんなこと書いてあるんだ……ここは私がやるよ。メイプルはそういう魔法は持ってないし」

メイプルは毒の魔法しかまともに使えないため、このギミックをどうにかすることはできない。アイテムで条件を満たすこともできるかもしれないが、今回はサリーがいるため、そんなことは考えなくてもいい。

サリーならどの魔法も問題なく使用できる。ギミックを解くためには十分だ。

「【ファイアボール】！」

サリーは魔法を準備すると壁に向かって放つ。それは壁に直撃すると同時に弾けて消滅し、代わりに赤い魔法陣が浮かび上がってくる。

「おおー！　成功したんじゃない？」

「だね。他もやってみよう」

サリーは残りの壁にも魔法を放っていく。どの壁にどの属性が対応するかはカナデのお陰で解読済みなため迷うことはない。

そうして、全ての壁に魔法陣が浮かび上がると目の前の黒い台座に亀裂が入り青い光を放ちながら二つに割れていき、部屋の中央に球体を生成した。バチバチと電気のように弾ける光は強いエネルギーを感じさせるが、現状それ以上のことは起こらないようだ。

「……何も起きないか。触ってみる？」

「でもすっごいバチバチしてるよ……？」

「一応【ピアースガード】だけ発動させておこう。私も咄嗟に回復できるようにしておくから」

「分かった！　やってみる！」

【不屈の守護者】が残っているため、どんなに悪いケースでも離脱までに倒されてしまうことはないだろう。

メイプルは宣言通りスキルを発動させると、その球体に触れてみる。直後、地面に同色の魔法陣が展開され二人の足元から強烈な光が迸る。

「か、【カバー】！」

メイプルが咄嗟にサリーを守ると同時、二人は光に飲み込まれて消えていくのだった。

凄まじい光ではあったものの、起こったことは特段今までと変わらない転移だったようで、二人はどことも分からない暗闇に放り出されていた。

「よかったー、いつもと雰囲気違ったから……」

「んー、昔の町の転移はあれが普通だったんじゃない？」

「目に悪いよぉ」

「……ここも暗くて何も見えないけど、水はないみたいだね」

「あっ、ほんとだ！」

手足を動かしてみても水の中にいる感覚はない。試しに飛び上がってみると、地上にいる時のように落下する感覚があった。

「じゃあ潜水服は外しておこっと」

「視界も多少制限されるからね。それがいいかな」

二人は潜水服を脱ぐと、改めて暗闇をヘッドライトで確認する。

「ちゃんと床だね。さっきの石でできてる」

「何かの中なのかな？　空も見えないし」

空気はあるものの、上を見ても星一つ見えない。床が人工的なものなら、洞窟などというよりは建物の中の可能性が高くなる。

「壁にぶつかるまで歩いてみない？　そうすれば広さが分かるかも！」

「いい提案だね。そうしよう。今のところ静かだし、何かが出てくる前に自分達の周りを把握しておくのは大事」

二人は一旦後ろへと下がっていく。これまでボスと向かい合うように転移することが多かったことを鑑みて、それとは逆方向へ進む作戦である。

すると、元いた位置の後ろ側はすぐに壁になっていた。黒い石で作られた頑丈そうな壁に扉はなく、出られるようにはなっていない。

「部屋の端に転移したみたいだね。じゃあ逆は……」

「何かいるかも？」

「うん、この感じはちょっとボスっぽい」

「そうだよね！　気をつけないと……」

即座に襲いかかってきてはいないが、奥に何かがいる可能性は十分ある。かなり広そうなこの場所は今まで何度も突入してきたボス部屋の形によく似ている。

どんなものであれ敵ならばできることならこちらの準備が整うまでは待っていて欲しいものだ。

二人は今度は横に歩いてこの空間の幅を確かめに向かう。変わらず無音の暗闇に足音が響く中、また特に何かが起こることもなく二人は壁まで辿り着いた。

「広いね」

「えっと、広いってことは……」

「ボスならかなり大型の可能性がある」

基本的に部屋のサイズはボスのサイズに左右される。部屋の大きさが合っていないと動きを阻害してしまうため当然と言えるだろう。

さらに今回は水中でないため、出現する可能性のあるボスのパターンも多く事前情報もない今、予想するのは難しい。

その姿を見て、印象から能力を予想するぶっつけ本番での戦闘になるだろう。

「逆も探索したら次は前だね！」

「いつ何がきてもいいように準備しておこう」

「うん！」

二人は逆側の壁まで歩いていき、そちら側にも何もないことを確認すると、中央辺りまで戻って正面に向き直る。

「行くよ？」

「いつでもおっけー！　準備万端！」

二人は最大限警戒しつつ、前方へと進んでいく。すると、二人に反応したのか次第に部屋が明るくなっていき、その全貌が明らかになる。

二人が歩いていたのは予想通り部屋の端であり、正面に向かって数十メートルの奥行きが確保されている。

半分を越えた辺りから、壁際にはクリスタルや岩石、既に八層では見られなくなった植物など、素材と思われるものが大量に並んでいる。

「倉庫？」

「それにしては結構雑に入れられてるけど……あれが一番目立ってるかな？」

「あれだね！」

メイプルが指差した先にあるのは一辺が二メートルほどある黒いキューブだった。

それは未知の力によって空中に浮かんでおり、雑多に転がっている他の素材とは雰囲気が違う。

「ちょっと前に水中で見たのに似てるかも？」

「ああいうタイプのモンスターなら攻撃方法も限られるし。やってくることも似てるかもね」

水中にいたタイプは水を生かしての攻撃だったが、今回ここに水はない。さてどう攻撃してくるかともう一歩近づいたところで黒いキューブに反応があった。表面に複雑な青いラインが入り、ここに転移してくる前に見た台座のようにそのボディが半分に割れていく。

「来るよ！」

「うん！」

どんな魔法が飛んでくるかと構える二人の前で、ガバッと一気に開いたキューブの中央から同じ素材でできた石柱が何本も現れる。

それはまとまってゆっくりと回転し始めると、バチバチと音を立ててエネルギーを溜め、大量の光弾として一気に解放した。

「が、ガトリング!?」

「【カバー】！」

メイプルはサリーの前に立つと盾を背に隠して光弾を体で受け止める。ダメージはないものの、弾けるエフェクトによって前も見えないほどだ。メイプルの兵器をも上回るその発射速度は、本来避けきれなければ一瞬で蜂の巣になるようなものである。

「思ってるのとちょっと違うよサリー！」

「もっと神秘的なものかと思ったけど……！」

発射されているものと発射元が通常の銃などとは異なるため、弾切れが起こるのかどうかも不明である。

「……もうちょっと観察させて！」

「分かった！　ダメージも受けてないし大丈夫！」

真剣な目でキューブの放つ光弾をじっと見つめること数分、サリーはこれでもう問題ないと小さく頷く。

「大丈夫、避けられる。引きつけるからその隙に撃ち返してやってよ」

「まっかせて！」

サリーが避けられると言うなら、メイプルがそれを疑うことはない。誰よりもその回避力を知っているのはメイプルだ。

「【クイックチェンジ】……じゃあ行くね！」

「頑張って！」

メイプルの後ろから飛び出したサリーがキューブに向かって接近していく。二人はどちらもまだ攻撃していないこともあって、より近くまで来たサリーへと攻撃の矛先が向く。

光弾はあと一歩でサリーを捉えられそうになるものの、ほんの僅かその速度に届かずに一瞬前にいた場所を撃ち抜いていく。避けられると宣言して飛び出しただけあって、自身の移動速度との差の計算に抜かりはない。

「【水の道】！」

空中に浮かんでいるため、直接攻撃を叩き込むのは水中よりも難しい。そこで、サリーはやっと使い所ができたと水流の中を高速で泳ぎ接近する。

水がないなら生み出せばいいのだ。

「【ピンポイントアタック】！」

すれ違いざまに貫くように短剣を突き出すと、キューブの表面の青いラインが明滅し表面にシールドが展開される。

「貫く！」

サリーはスキルの動作のままシールドへ短剣を突き刺す。それは一瞬シールドに反応してバチッと音を立てるものの問題なくキューブまで届きそのＨＰを削る。

「防がれた……のとはまた違う？」

何か言い表せない違和感を覚えるが確認のために立ち止まってはいられない。

動き続けることがガトリング回避の絶対条件である。最高速度を維持しなければ、計算通りに避け切ることはできないのだ。

「【攻撃開始】！」

一撃を加えて水に乗って離れるサリーの代わりにメイプルの銃撃が飛んでくる。キューブの放つガトリングに発射速度は劣るものの、攻撃範囲はこちらが上である。ほとんど動かないキューブではこの範囲から逃れることはできず、先程のお返しとばかりに正面から大量の弾丸が襲いかかる。

それはサリーの攻撃時と同じように薄いシールドに接触しバチバチと音を立てたのちキューブの表面を傷つけていく。

「効いてるね！」

「いいダメージ、だけど……」

メイプルが大量の銃弾を浴びせたことにより、サリーはキューブに起こっている変化に気がついた。HPバーの下には一本見たことのないゲージがあり、攻撃に反応してそれが少しずつ増えているのである。

「メイプル！　あのゲージ見える？」

「えっと……うん！　見えた！」

「ダメージ受ける度に溜まってる！　気をつけてて！」

「分かった！」

それが何を表すゲージか分からない以上警戒することしかできない。溜まりきることで有利になるか不利になるかは不明だが、HPをなくすことが目的となるボス戦の性質から、溜まらないように立ち回ることは不可能と言えた。

ならば、相手がやってくることを全て正面から受け止めて勝ち切るほかない。幸い、二人の能力はそういった場面に適している。

見た目通り硬いキューブはメイプルの弾丸によってダメージを受けているもののまだまだ倒れそうにない。水中で出会った個体と見た目こそ似ていてもボスと中ボスでは格が違うというわけだ。

「そろそろ半分くらいまで溜まる？」

キューブの動きをじっと見て次の動きに備えつつ、ガトリングを避けてヒットアンドアウェイを繰り返すサリーは現在最も気掛かりな点である謎のゲージを常にチェックしていた。

そんなサリーだからこそ、いくつものエフェクトが弾け、まさに攻撃されているその最中でもそのゲージがガクッと減少するのに気づくことができた。

「メイプル！」

「……！　【カバームーブ】【カバー】！」

短い言葉で意思疎通し、サリーの元へ駆けつけたメイプルにガトリングに加えて二つ、左右から閃光と爆風が襲いかかる。

「【身捧ぐ慈愛】！」

先程までなかった攻撃にメイプルは咄嗟にさらなる防御を行うとサリーを抱きしめて、兵器を爆発させ無理やり距離を取る。

「おお……！　いいね、ナイス判断！」

「えへへ、っとと、何があったのかな？」

二人がキューブの方を確認すると、小さめのキューブが二つ本体の周りをクルクルと周回している。ボスの中央に並んでいるのが何本もの石柱なのに対し、此方(こちら)のキューブの上には棘(とげ)のついたボールのようなものが一つずつ浮かんでいた。

「爆弾かな？　さっきの雰囲気的に」

爆風の範囲も広く、サリーが避け続けるのには少しリスクが高くなる。

「じゃあ、私が守るね！」

「助かる。じゃあ私はメイプルの兵器を守るってことで」

【身捧ぐ慈愛】はメイプルの兵器までは守ってくれない。だからこそ、メイプルが守りつつ、サリーがさらに盾になるのが今二人のよく取る戦法だ。

「それに、まだ増えるよ。多分。攻撃を受けた時に獲得するゲージを消費して生成してる」

「本当だ！」

減っているゲージを見てメイプルも現状を把握する。ボスのＨＰがなくなるまでにあと何度武器が追加されるか分かったものではない。

ボスの素の防御力が高いのに加え、あのシールドはダメージを減衰させてゲージへと変換している。これらの要素がボスの耐久力を想像以上に高めているのだ。

「結構長い勝負になりそう」

「水中じゃないから大丈夫！」

「だね。水中だと向こうも壊れちゃうんじゃない？　きっと」

自分達に有利なら特に気にする必要はない。サリーはともかく、メイプルは地上の方が戦いやすいのだ。

「ちょっと前に出るから安心していいよ！」

「貫通攻撃も現状なさそうだしね」

まだまだ勝負はここからである。二人は再度戦闘態勢を取ると一旦開いた距離をまた詰めるために、再度ボスの方へと歩き出した。

【身捧ぐ慈愛】によって防御を固め、【救済の残光】も発動して緊急避難の態勢も整えた状態で、ガトリングと爆弾をその身で受け止めてサリーが安全に行動できるよう範囲内に収めにいく。

「メイプルもゲージは見てて。武器も増えるから分かるとは思うけど」

「りょーかいっ！」

メイプルは射程内までやってくると、巨大なレーザー砲をいくつも生成し、重心を低くすると、その先をキューブの中心へ向ける。当然立ち止まってそんなことをしていればメイプルに向かってガトリングと爆弾が襲いくるが、その前にはサリーが立ち塞がる。

「【鉄砲水】！」

サリーは地面から大量の水を噴出させて爆弾を跳ね飛ばすと、そのまま武器を大盾に変形させてガトリングでの攻撃を防御する。

「【攻撃開始】！」

メイプルが展開したレーザー砲から赤い光が放たれ、こちらはボスに直撃する。相手には防御する盾もなければ護衛もいないのだから当然である。

メイプルのレーザーが直撃したのに合わせてボスの下のゲージは伸びていき、また一定値までいったところで消費され新たな武器が生み出される。

「長い筒だ！」

「大砲か何かかな……見た目が似てるから分かんないな」

さてどうなるかと攻撃を続けていると、長い筒からメイプルの額へと細い光が伸びてくる。それはまさにポインターのように。

「それスナイパー……！」

サリーが何かを言う前に轟音が鳴り響き、回避など不可能なほどの速度でメイプルの頭に弾丸が着弾し、そのまま遥か向こうまで吹き飛ばす。【身捧ぐ慈愛】と【救済の残光】のスキルエフェクトが切れていないことと、吹き飛ぶ瞬間にダメージエフェクトが発生していなかったこと、単発攻撃であり【不屈の守護者】が残っていることを考慮して、声だけをかけて前方に集中する。

「大丈夫そうなら射撃を再開して！」

いかにサリーでもよそ見をしながら避けられる攻撃ではない。その上で、あれを防げるかどうかはまだまだ残っているボスのＨＰを削る上でサリーが自由に動けるかどうかを決定づけるものだ。

【空蝉】が残っている今が試すチャンスである。

「よし……」

サリーはキューブ上空の筒がエネルギーを溜め込んでいるのを確認して、バックステップを踏む。ほんの一瞬、ガトリングがサリーを追うために角度を変更して遅れるタイミング。それはサリーが立ち止まっても追いつかれない僅かな攻撃の隙。

キューブとしてはそれを埋めるように、サリーとしてはそこに誘い込むように。轟音と共に空間を切り裂いて弾丸が発射されサリーに迫る。ただ、事前に照射されるポインターによって飛んでくる位置は分かっていた。

「はぁっ！」

時間の流れが遅く、止まっているような感覚。その中でサリーの目は弾丸をしっかりと捉えていた。半分は反応、半分は予測で振り抜いた短剣は弾丸を横から叩きつけて火花を散らし、その軌道を額から逸らす。

武器で弾丸を受けた事によるノックバックでサリーの体は後方へ弾かれるが、それでも空中で姿勢を整えるときっちり地面に着地する。

凄まじい速度の弾丸はそのままサリーの左上へとすり抜けていき、壁に激突して大きな音を立てた。

「成功……！」

一瞬の攻防が終わり、圧縮されて感じられた時間が元に戻っていくと、すぐにガトリングが襲ってきて、サリーは再び走り出す。

「弾ける……けど、流石にメイプルに任せたいところだね」

ガトリングの隙を見てチラッとメイプルの様子を確認すると、予想通り無事だったようで、兵器こそバラバラにされ無くなっているもののＨＰは一切減っていない。

「ごめーんサリー！　大丈夫だった⁉」

「うん。そっちこそ、あれが直撃してなんともないのは流石だね」

「今度はちゃんと受け止めるからね！」

兆候がある分、メイプルもちゃんと準備をすれば受け止められる。【悪食】で飲み込んで全てなかったものとしてもいい、【ヘビーボディ】で止まってもいい。そもそもダメージを受けないのだから最悪な状況からは程遠い。

「ガンガン撃っていって。それが一番安全に削れる」

「おっけー。【全武装展開】！　【滲み出る混沌】！」

「【サイクロンカッター】【ファイアボール】！」

何重にも張られたセーフティーネットの中から一方的に攻撃する二人を傷付ける手段がないままボスのＨＰは削られていく。対抗策を持たないモンスターでは二人相手になすすべがないのだ。

相性のいい相手はとことん蹂躙する。それが二人の偏った能力が持つ特徴である。

「……一気に二種類増えたよ！」

「その二つだけ警戒！」

一つは二人の真上に舞い上がり、もう一つは胴の辺りで停止する。何をしてくるかと警戒していると、新たに増えた装置が部屋の端から端まで届く太いレーザーを放った。

「わっ⁉」

「うわっ、動き出した！　潜るか飛ぶかで避けるよ！」

「そ、そんなこと言われてもー！」

それぞれ部屋を横切るように移動しているレーザーを器用に飛び越える必要があるが、サリーには可能でもメイプルには難しい。

メイプルの飛行能力はどれも細かい動きが得意でないのだ。

「じゃあさ……」

「……分かった！」

レーザーが迫る中、ガトリングを大盾で受け止めつつ、サリーはメイプルにある提案をする。

それは長引く勝負を決めるための一手についてだった。

提案を受けたメイプルはレーザーが迫る中、兵器を爆散させ、爆風に乗って一気に空へと舞い上がる。といっても、真上ではなく斜め前へだ。

ノックバック効果のあるライフルはチャージ中であり、ガトリングで残った兵器を破壊することはできたものの、メイプルの接近そのものを拒絶する方法はない。

「【水底への誘い】！」

着弾寸前でメイプルは片腕を触手に変化させるとガバッと触手を広げてキューブを包み込む。シールドで軽減してもなお、みずみずしい果物を握りつぶした時のような大量のダメージエフェクトが弾けるように触手の隙間から吹き出す。

「効いてるねっ！　もっと……【砲身展開】！」

キューブを鷲掴みにしているのとは逆の手を巨大な砲身に変え、そのままゼロ距離でレーザーを放つ。赤い光に混ざってダメージエフェクトが立ち昇りボスのＨＰが凄まじい勢いで減少するが、同時にとんでもない勢いでゲージが増加し、発生した衝撃が、くっついていたメイプルを弾き飛ばす。

「わっ⁉　あーっ！　もうちょっとだったのに！　うわあっ⁉」

地面に落とされたメイプルはそのままガトリングとライフルの追撃を受け、地面近くを焼きつつ移動するレーザーに全身包まれながらサリーの元へと転がってきた。

「……無事、でいいよね？」

「うん！」

「元気な返事ありがとう」

メイプルがもうちょっとだと言っていただけあり、あと数撃与えられれば倒せそうなものだが、二人が行動を起こすより先に大量に溜まったゲージが消費され今までとは比べ物にならない光が放出される。

それが止まった時。キューブの中央にあったガトリング用の筒はなくなり、その十倍近く太い筒に変わっていた。何も知らないものが見たとしても石柱程度にしか思えないそれが、凄まじい威力を持った大砲であることを二人は理解している。

それは生成と同時にチャージを始め、ボスからはそれを守るように光のシールドが何重にも展開される。

「どうするサリー⁉」

「できるなら撃たせる前に倒し切りたい！　けど……」

威力も範囲も不明、しかし最後の切り札と言える攻撃であるのは間違いない。

撃たせずに終われるならそれに越したことはないが、防御を固めたボスの堅さもまた未知数だ。

今まで通りいなしきって反撃するのも、一気に詰めにいくのも、どちらでも裏目に出るリスクはある。

「じゃあサリー、これならどう？」

先程とは逆で今度はメイプルが提案する。サリーはそれを聞くとその考えを肯定するように頷いた。

「いいよ。じゃあ撃ってくるのを待つ。メイプルのスキルと防御力を信じる」

「うん！　大丈夫！」

メイプルがいるなら、攻勢に出たところを突かれ下手にばらけて守り切れないリスクを生むより固まっていた方が確実だ。

飛び交う全ての攻撃をメイプルの防御力と【身捧ぐ慈愛】によってノーリスクで無力化できている以上、撃ってくる瞬間まで問題なく待機できる。

「そろそろ撃ってくると思う！」

様子を観察していたサリーが武器に収束する光が強くなったのを見て発射の兆候を感じ取る。

「念のため……【ピアースガード】【不壊の盾】！」

メイプルは直撃した時のためにスキルを発動し、触手を解除し大盾を構える。それからほんの少しして、発射準備が整ったことを示す高い音が響き、轟音と共に放たれた白い光が部屋のほとんどを覆い尽くした。

それは一瞬のことで、全てが焼き払われた地面に二人の姿はなく、溢れかえる水だけが残っていた。しかしそれが意味するのは二人が倒されたことでも、この部屋が壊れて水が溢れたことでもない。

「タイミング完璧！」

「えへへ、上手くいったね！」

二人がいたのはボスの真上。【方舟】によって転移する瞬間をレーザーに合わせることでダメージを受けることなく、攻撃をすり抜けたのである。

メイプルが言った念のためとは、これが失敗した時の保険だったのだ。

大技と引き換えに、常にこちらを狙っていたガトリングも消え他の武装もすぐにはこちらに攻撃できない。目の前にあるのは絶好の攻撃チャンスだ。

「メイプル、いくよ！」

「おっけー！」

「「【砲身展開】！」」

二人の片腕がそれぞれ巨大なレーザー砲に変わり、その砲口は真下のキューブをしっかりと捉える。相手が切り札を切るならこちらも合わせるとばかりにサリーも【虚実反転】で攻撃を実体化させる。

「「【攻撃開始】！」」

こうして二人が放ったレーザーは混ざり合って、先程放たれたものにも劣らない力でボスのシールドを破壊し、その体を焼いて動きを完全に停止させるのだった。

ボスを倒して自由落下していく中、サリーは姿勢を整えるとメイプルを抱き上げ、空中に足場を作って地面まで降りていく。

「よっ、と！」

「ありがとサリー」

「うん、お疲れ様。さて……ちょっと変だね」

「えっ？　……あっ！　さっきのボスまだ残ってる！」

いつもならモンスターは光になって消えていくのだが、先程動きを停止させたキューブはまだその場に残り、今は落下して様々な素材の山に埋もれている。

戦闘も終わり、サリーが【ホログラム】と【虚実反転】によって生成した機械神の兵器は消え、服の見た目も黄色いポリゴンと共に、【クイックチェンジ】によって切り替えていた新たなユニーク装備に戻っていく。

「調べられそうなところ多いし、確認してみよう。もう一回来るのも手間だし、そもそも来られるとも限らないし」

「そうだね」

通常フィールドでない場所は侵入に特殊な条件が設定されていることがほとんどだ。再現したつもりでも認識していない条件のせいで同じ場所へ来られないことはざらにあるため、探索は心残りのないように行う必要がある。

二人は本命は後にして、周りに転がっている大量のガラクタの中に持ち帰ることができるものはないかと漁ってみる。

「んー、メイプルー何かありそう？」

「ないかもー！　特に見つかってないよー！」

「流石に雰囲気作りでしかないか……本当に全部探してるとキリがないし……」

あらかた調べたものの、結局特にインベントリに入るようなアイテムは存在しなかった。ただ、ないと分かったなら、改めて目の前のボス本体に集中できるというものである。

「また動き出さないかな……？」

「流石にないと思うけど、ほら入って来た辺りに魔法陣出てるし」

「ほんとだ、じゃあ安心だね」

ボスは最初のキューブの形ではなく、戦闘中の時のように中央でパッカリと綺麗に二つに割れてしまっている。

「あれ出してみてよ。反応あるかも」

「うん！　似てるもんね！」

メイプルはインベントリから『ロストレガシー』を取り出す。手のひらサイズの黒い箱はボスのミニチュア版といった感じで、見た目はほとんど変わらない。

「近づけてみるね……わっ⁉」

メイプルがキューブの近くに『ロストレガシー』を持っていくと、箱の表面に青い筋がいくつも入り、バチンと音を立てて、衝撃と共にメイプルの手からこぼれ落ちる。メイプルが拾い上げようと手を伸ばしたところで、ボスだった巨大なキューブが呼応するように音を立て始めた。

「メイプル！」

サリーが危険を察知してメイプルを下がらせた直後。間に転がっていった『ロストレガシー』を挟み込んで、二つに分かれていたパーツが一体化する。

「ありがとう、挟まれちゃうところだった」

「一応警戒しておこう」

「そうだね！」

ボスだったものが再度動いているところを目撃したわけで、もう一度戦闘が始まる可能性も否定できない。事実二人はそういったダンジョンを攻略したこともあるのだ。

しかし、その心配は杞憂（きゆう）だったようで、キューブは強い光を放ちながら小さく小さく縮んでいき、結局飲み込まれた『ロストレガシー』のサイズになってしまった。

「飲み込んだ……というより飲み込まれたのかな？」

「合体って感じ？」

「それが近いかも」

強烈な発光も収まったため、メイプルはそれを拾い上げて確認する。

するとアイテム名こそ変わっていないものの、スキルが一つ追加され、アイテムから装飾品に種別が変更されていた。

「装備できるようになってる！」

「おおーいいね。装飾品は枠がキツいけど……どんな感じ？」

メイプルはウィンドウを開いたままサリーが確認できるように少しずれて一緒に効果文を読む。


『ロストレガシー』

【古代兵器】


【古代兵器】

所有者が攻撃した時、攻撃を受けた時に追加でエネルギーを取得する。

エネルギーを消費することで形態を変化させ武器として扱うことが可能になる。

一定時間エネルギーを獲得しなかった場合、エネルギーは時間経過で徐々に減少する。

「さっきのボスがやってたやつかな？　ＭＰでもなくてエネルギーっていうのを消費するみたいだし」

「着けてみよっか？」

「そうだね。見てみた方が分かりやすいかな」

メイプルは装飾品の指輪を一つ外すと代わりに『ロストレガシー』を装備する。すると黒をベースに青いラインの入った怪しげなキューブが一つメイプルの近くに浮かんでついてくる。

「適当に攻撃してみて」

「【砲身展開】【攻撃開始】！」

メイプルは誰もいないところに銃弾をばら撒くがエネルギーのゲージは一向に伸びていかない。

「あれれ？」

「……空撃ちじゃダメっぽいね。攻撃を受ける方はどうかな？」

「じゃあ爆弾で！」

メイプルは足元に爆弾を並べると躊躇なく着火する。それは少しして大爆発を起こしメイプルは爆炎に包まれる。

当然ダメージなどないことが分かっているが故の動きだが、サリーも一瞬真顔になるというものだ。

「サリー！　ちゃんと増えたよ！　減っていってるけど！」

「基本は戦闘中に使う感じなのかな。攻撃して増やすのが普通の使い方だと思う。爆弾で下準備する選択肢があるのはメイプルくらいだろうし……」

攻撃を受けた時にゲージが増えるのは確かだが、そちらを中心に運用するものでないのはなんとなく察せられる。

メイプルは溜まったゲージを消費して、早速一つスキルを発動してみる。

「【古代兵器】！」

メイプルがスキルを宣言すると浮かんでいたキューブは一気に二メートル程のサイズとなりパカリと二つに分かれて中からガトリング用の筒が伸びてくる。

「……撃たないのかな？」

「基本自動攻撃なんじゃない？　今は対象がいないし」

「なるほど、でもよかったー。これ以上銃が増えると持ち切れないから」

「そんなこともあるものなんだね……」

そもそも持ち切れないほど銃器を持つ大盾使いとは一体何なのか、銃使いと言うにはあまりに堅く、大盾使いと言うには攻撃能力が高すぎるのだ。

「ま、無事に手に入ったし何よりだね」

考えても意味のないことだと、サリーはメイプルの純粋な強化を祝う。手に入ったスキルやアイテムはどれも強く、状況を変えるきっかけになりうるだろう。

「これでもっと役に立てるよ！」

「いいねー。期待してるぞー」

「ふふふ、任せたまえー」

こうして新たな力を手に入れて、二人はこの場所を後にするのだった。

六章　防御特化と次回イベント。

月日は過ぎて、メイプルとサリーはそれぞれ新しく手に入ったスキルや装備を試しながら八層を楽しんでいた。

「【古代兵器】をいつでも使えるようにイズさんにいっぱい爆弾作ってもらわないと！」

「爆発音がしないのとかエフェクトが小さいのとか作れないかな？　ほら、隠れて準備した方が強いでしょ？」

「いっぱい爆発させたら気づかれちゃうもんね。あ、後ろに銃を置くのはどうかな？　イズさん大砲とか作ってたし」

自動で発射される銃の前に立てばそれに撃ってもらうだけでゲージは溜まっていくだろう。

「絵面を気にしなければ？　いや、爆弾の時点で酷（ひど）いか……」

そんな話をしつつ、二人は小さなボートに揺られながらのんびりと水上を進んでいた。目的としていたスキルも集まり、八層での探索も十分行ったと言えるだろう。

ここからは完全に手がかりなしとなるため、そう簡単には見つからない。だからこそ、無理に探索するのではなく休める時は休むのだ。

「あ、そういえば今日は次のアップデートの情報があるらしいよ」

「え、そうなの⁉」

「うん。っていうかそろそろだと思うけど」

話題に出したところで、ちょうどメッセージが届いたことを示す通知音が鳴って、運営から次のアップデートの情報が伝えられる。

「えーっと次は九層だって！　早いねー」

「潜水服の強化とかあれこれしてるうちに結構時間経ってたしね。まだ探索できてないところもあるけど、それは今までも同じだし……」

また頃合いを見て他の層へ戻るのもアリだろう。初めの頃に入手した【毒竜】や【悪食】もまだ現役なのだから、前の層に戻っても得るもの、使えるものはあるだろう。

行きたいと思ったタイミングでのんびり探索すればいいのだ。

「それともう一つ。九層実装後のイベントについてもちょっと書いてあるよ」

「えっと、二つの陣営に分かれて大規模対人戦……？」

「詳しいことはまだ分からないけど、新しいスキルも役に立つんじゃない？」

「サリーもね！」

「うん。上手く騙せるように練習中」

サリーの新たなスキルをより有効に使うには、事前にシチュエーションを想定して動きを考えておく必要がある。発動するだけで強力というわけでないスキルの難しいところである。

「九層に繋がるようになるダンジョンもこの辺りだし、ちょっと近くまで見に行ってみる？　アップデートまでは繋がってないから攻略は後になるけど」

「うん！　周りがどんな感じになってるか気になる！」

攻略してきた場所がそうだったように、ただ潜っていけば辿り着く場所なのかは分からない。潜る時間が長くなるならイズにアイテムを準備してもらう必要もあるだろう。

距離が近いということもあって、ジェットスキーに乗り換えることもせずゆっくりとした船旅を続ける。そうして目的地が見えてくると、メイプルもここだったのかと小さく何度も頷く。

眼の前にあったのは遥か水底まで続く長く太い塔である。先端は水面から飛び出ており、水中を確認すると、水から逃れるように何度も増築が繰り返されてきた跡がある。当然ではあるが下へ行けば行くほどボロボロになっており、侵食が激しいことが分かる。

「ここを下りていくのかな？」

「そうなるね。流石に途中から侵入はできないから上から入るしかないよ」

塔自体はボロボロではあるものの、窓や大穴が空いた場所はなく、ショートカットして中に入り込むのは難しいだろう。

「皆で行けば大丈夫だよね！」

「流石に私達八人に勝てる相手はほとんどいないと思うよ」

「皆強いもんね！」

実際メイプル達に勝てるようなモンスターなど探す方が難しいだろう。仮にいたとしても、弱体化する方法もないなどということは考えにくい。でなければそんなものは誰にも倒せないと言っていい。

「攻略は別日かな。ん？」

「どうかしたサリー？　あっ！」

二人が空を見上げると、そこには二つの大きな影があった。一つは太陽の光を受けて白く輝く竜。もう一つは太陽と同じように燃え盛る翼を持った不死鳥だった。

「ミィ！　ペインさん！」

「メイプル。偶然、ではないか。大方メッセージを読んで視察に来たといったところだろう？」

「そうそう！　ミィも？」

「まあそんなところだ。こちら側に用があったから、丁度いいと思ってな」

「ペインさんもそうですか？　やっぱりダンジョンの確認を？」

「ああ、水中に時間を割いた分未攻略だったからな。このダンジョンは全員が攻略するんだ、隅まで把握しておけばここを越えていったプレイヤーの強さも少しは分かると思っている」

噂は広がるものだ。あの時どんな風に攻略したなどという話は九層に入ってすぐ話題の一つになるだろう。ダンジョンのことを詳しく把握していれば、流れてくる噂からプレイヤーのスキルに予測が立つかもしれない。

全くの未知と何かあるかもしれないと心づもりができているのとでは状況は大きく変わるだろう。

「対人戦のため、ですか」

「勿論。陣営が分かれるということだったが、もし敵となればリベンジを果たしたいと思っている」

第四回イベント以降、共闘こそあれど正面からぶつかり合うことはなかった。メイプルとサリーもあれから随分強くなっている。しかし、それはペインとて同じことだろう。

「が、頑張ります！」

「敵でも味方でも全力を尽くそう。その上で戦うなら今度は俺達が勝つ」

「私達もだ。あの時は手酷くやられたものだが、同じようにはいかないと宣言しておこう」

「私も……負けません！　皆で頑張ります！」

メイプルがそう返すと、ミィとペインはそれでこそだという風に少し笑う。

「じゃあ俺は行くよ。次のイベントを楽しみにしている」

「ではなメイプル。戦場で会った時は全力でいかせてもらう」

そう言ってペインはダンジョンの中に、ミィはフィールドの果てへと消えていった。

「そっかあ、また戦うかもしれないんだね」

「強いよ。第八回イベントで見た時も明らかに出力が上がってたし」

最後に敵として向かいあった時からはもうかなりの時間が過ぎている。その頃よりレベルは高く

なっており、当然スキルも増えている。さらにテイムモンスターも手に入れていることが大きな違いとなるだろう。特に、二人のテイムモンスターはそれだけでもかなり強力なものだ。

前と同じようにはいかないだろう。

「また作戦考えとかないとね。メイプルのスキルも増えたことだし。どれも上手く使えば戦況をひっくり返せるはず」

「一緒に考えよう！」

「おっ、考える？　いいよ、実際に使うのはメイプルだしメイプルがやりやすいのが一番だから」

ゲームを続けるうち、動きにも慣れてどんな行動を取ればより良い結果につながるかがメイプルにも少しずつ分かってきた。そして、分かるということがメイプルに考える余裕を作っているのである。

「『ロストレガシー』のダンジョンでもメイプルの案は上手くいったし……色々聞かせてよ。それがいいし、そんな話もしたかった」

「あはは、あれはたまたまだけどね」

初めてのスキル使用で、発射タイミングが正確に分からないレーザーに【方舟】を完璧に合わせられたのは運が良かった部分が大きいだろう。

「サリーが【神隠し】で消えて攻撃を避けてるのを見てこれでもできるかもって思ったんだ」

「練習したら偶然じゃなく合わせられるようになるよ、きっと」

「そうかなあ？　やってみようかな？」

「……できたら助かるね。戦略に組み込みやすい」

「えへへ、じゃあちょっとやってみる！」

「うん。いいと思う」

前向きにそう宣言するメイプルを見て、サリーは嬉しそうに小さく頷き返事をする。

そうして塔の前でボートに乗って少し話をしていると、ペインやミィの他にもプレイヤーがやってくる。先に進むために攻略する必要があるダンジョンとなれば、下見に来るプレイヤーがいてもおかしいことではない。実際、二人もそのために来ているのだ。

「邪魔になっちゃうかな？」

「大丈夫だと思うけど、色々話すには適さないかも」

こんな場所で重要な作戦会議をしていては聞いてくれと言っているようなものである。

そうして移動しようかと思っていたところで、また見覚えのある影がボートで近づいてくるのに気がついた。

「あ、本当にいたっすよ！」

「それはそうだろう。ウィルが見間違えるはずがないからね」

やってきたのは【thunder storm】と【ラピッドファイア】のトップ達だった。どうやらウィルバートの何かのスキルによって二人の視界よりも遥か遠くからこちらを視認したらしかった。

「申し訳ありません。話の流れで、丁度近くにいたものですから」

「対人戦っすよ！　対人戦！」

すまなそうなウィルバートとは対照的に前のめりなベルベットに、サリーは苦笑する。

「そうだね。待ちに待ったって感じなのかな？」

「そうっす！　味方もいいっすけど、今回は敵になりたいと思ってるっすよ！」

ベルベットのストレートな物言いにメイプルとサリーは目を丸くする。ヒナタがおずおずと付け加えた。

「……今回はそういう気分みたいです」

「イベントはその期間しかやってないっすからね！　戦える機会があるときに敵になっておくっすよ！」

決闘などのシステムを使えばどこでも対人戦はできるが、一度きりのイベントでの緊張感と勝った時の楽しさは全く別のものなのだろう。メイプルはともかく、サリーはその差を明確に理解できていた。

「敵か。じゃあ対策はちゃんと考えておかないとね」

陣営決定に選択肢があれば、確実に逆側に行くと宣言されたのだ。味方になることがないなら、どちらにつくかまだ決まっていない様子だったペインやミィと比べて、しっかりとした対策が必要になる。早くも割り切っているサリーにリリィは口角を上げた。

「あっけらかんとしていていいね。ああ、私達はまだ特にその辺りは決めていないよ。一応ね」

「……それが普通だと思います。ベルベットみたく宣言する必要もないですし……」

これではまたギルドのメンバーに喋りすぎだと言われると、ヒナタはベルベットの脇腹をつつく。

「ですが、私達とてどんな方が相手になってもそう易々と負けるつもりはありません」

「それはそうだとも。敵になったら、その時はよろしくお願いするよ」

誰にとっても久々の本格的な対人戦だ。皆成長しているのは理解しており、九層の実装からイベントまで時間がある以上、探り合いになるだろう。

「じゃあ勝負だね！」

「そうっす！　今度は前の決闘とは違ってヒナタも一緒っす！　負けないっすよ！」

二人で戦うことで相乗効果により強くなる。それはメイプル達もよく知っていることだ。サリーも決闘に勝ちこそしたが、あれが全てでないことは分かっている。

「まだ当分先の話ですから。それまでに弓の腕を上げておくとします」

今のイベント予告からは誰が敵になるか味方になるかは分からない。できることはただ自分の能力を高めることと、周りの情報を得ることだけだ。

「ベルベット達はこの後このダンジョンに入るの？」

「そうっすよ！　二人と一緒に入るっす！」

「間近で戦闘が見られるなら私としても断る理由はないさ」

ヒナタが複雑そうな顔をしているところからも、ベルベットに情報を探る意思があるわけではないことは分かるが、いつものことなのだろう、特に止める様子もない。

「二人も来るっすか？　大歓迎っすよ！」

「メイプル、どうする？」

メイプルはどうしようかと少し考えてから返答する。

「うーん、ギルドの皆と一緒に行こうと思ってるから……今回は、ごめんね」

「分かったっす！　なら、機会があったら遊ぶっすよ！」

「うん！　ありがとう！」

ペインと同じくダンジョンの中へ消えていく四人を手を振って見送ると、改めてそろそろ離れようとボートを漕ぎ出した。

「皆次のイベントに向けてって感じだったね」

「やっぱりモンスターと戦ったり探索したりするのも面白いけど、人と戦うのも需要があるんじゃないかな」

「サリーも得意だもんね」

「……そう、だね。得意だし好きかな」

ベルベットが言ったように、勝ち負けで大きく差がつく状態で戦うことができるのはイベントくらいだ。やる気を出すプレイヤーがいるのも納得のいくことである。

「九層でまた探索して、そしたらイベントだ！」

「………………」

「サリー？　どうかした？」

「ん、ああ、ちょっと……戦略考えてた。って言っても細かい戦闘形式が分からないとどうしようもないところが大きいけど」

まだ大規模な対人戦イベントがあることが分かっただけだ。第四回イベントのように設置されたアイテムの奪い合いになる可能性も、バトルロイヤルになる可能性もある。

内容によって最適な戦い方も大きく変わってしまうだろう。

「今気にしてても仕方ないし、まずは九層に行くところからかな。イベントまでにまたメイプルが強くならないとも限らないしね」

新たな層が追加されるということはイベントもダンジョンも一気に増えるということでもある。そうなれば、また異次元の方向へ強化されることもあるだろう。勿論可能性は低いはずだ。だが、それでも偶然あれもこれも見つけた結果生み出された怪物が今既にここにいる。だから、サリーはないとは言えない。

「よーし、頑張るぞー！」

「うん。私もスキル使いこなせるようにしておくよ」

サリーはサリーで期限がある程度決まった以上、そこまでに新しいユニークシリーズを使った戦闘に慣れておかないといけない。ここから相手にするのはモンスターではなく、トップクラスのプレイヤー達だ。今は【ホログラム】と【虚実反転】でメイプルのスキルをコピーすることと武器の形状変化くらいしか能力を使っていない。全てのスキルを十全に使えなければならないだろう。

「じゃあ戻ろっか」

「うん！　いろんな人来てびっくりしたー」

今回の目的は攻略ではなく、外観からのダンジョンの雰囲気と広さ、そして位置の確認なためサリーはまたボートを漕ぎ出す。

ジェットスキーとは違いのんびりとした船旅になるため、メイプルは釣竿（つりざお）を取り出して糸を垂らす。

「ふふふ、町に戻るまでに釣れるかな？」

「つ、釣れるよ一匹くらいなら！」

釣りに関してはゲームを始めてから何一つ変化がないため、釣れるまでにかかる時間は全く短くなっていないのだ。

一匹くらいは釣れるようにと、サリーはこっそり速度を少し落として町までボートを漕いでいく。のんびりとした時間だが、サリーは何か思うことがあるようで。

「……戦える機会がある時に、か」

ベルベットの言葉をぼそっと口に出して反復する。その言葉は誰かに対して放たれたものではなく、自身が漕ぐオールが立てる水音に紛れ空に吸われて消えていくのだった。

七章　防御特化と九層到達。

そうして時間は過ぎていき、九層が実装される日がやってきた。メイプル達【楓の木】も八人で集まって例の水中深くまで続く塔の攻略に向かう予定である。

「八層の収穫の一つとして【水泳】と【潜水】のレベルが上がったのはあるなあ」

「九層でも使い所があると嬉しいものだ」

「お別れも早いものねー。でも、水属性のあれこれを作るためにはまた来ないとダメかしら」

「うぅ、私達も【水泳】のスキルが手に入れば良かったんですけど」

「ステータスが足りません……」

「その分今日は活躍してもらうんだけどね。さっくり倒してくれると僕は助かるな」

「「はいっ！」」

「よーし、じゃあ早速行きましょう！」

「シロップお願いするね」

全員で足並みを揃えて移動するために、今回は地形など関係ないシロップが丁度いい。

メイプルはシロップを巨大化させると、全員をその背に乗せて塔の方向へと飛んでいく。

「地上だとハクでの移動が多かったからなあ」

「飛べるのはやっぱりすごいわよね」

今回はダンジョンもモンスターも水中がメインなため、空にはモンスターもおらず自由に飛んでいくことができる。

そうして特にトラブルが起こることもなく、八人は目的の塔まで辿り着くことができた。

近くでシロップを停止させると塔へ飛び移って、シロップを元の大きさに戻す。流石に【巨大化】状態では建物の中へ入ることはできないのだ。

準備もでき、【身捧ぐ慈愛】を発動したメイプルを中心にして集まっていく。塔の上層部は水に沈んでおらず、直径十数メートルの床面には下へ続く木の扉が設置されていた。持ち上げれば一つ下の天井部分が開くことになるだろう。

「水を堰止めるために階段じゃないってわけか」

「モンスターはいないようだ。下りても問題ないだろう」

特にモンスターに襲われる気配もなく、ここまではまだ入り口なのが分かる。

「じゃあ安全のためにこの辺りに立ちます！」

メイプルは扉の近くに立ち、【身捧ぐ慈愛】の円柱状の範囲に下への道を収める。

「じゃあ開けるぞ」

クロムが扉を開けると窓がないこともあって下は真っ暗だった。ライトで下を照らすとそこはまだ水には沈んでいないようだが、何かが動く気配がする。

「……何かいるな」

メイプルの防御網は下にも届いているので問題はないが、垂直に鉄の梯子が伸びているだけなため、一気に飛び込むのは難しい。

「マイとユイ、もしくはカスミを連れて飛び込んでもいいが……」

「……でも、上を取ってはいるのよね」

ならもっと戦いようはあるとイズはニコッと笑う。なんとなく察したクロムは、それが一番安全だと下へ飛び込むのはやめた。


それから起こったのはそれはもう酷いことだった。唯一の出入り口から流れ作業で下の階に注ぎ込まれる大量の爆弾、それが部屋に十分に満たされたところで炎を発するクリスタルを投げ込んで扉を閉める。

「耳を塞いで！」

直後とんでもない轟音と共に下階から振動が伝わってくる。木の扉が壊れず勝手に開くこともないオブジェクトだったため、メイプル達のいる階は何ともないが下に生き残った生命体はいないだろう。

「……地の利ってのは怖えな」

「ああ、そうだな」

「しばらくはこれで進みましょ。水中になったら考えるわ」

こうして何階かイズの爆撃による部屋全域への無差別攻撃によって、そこにいたモンスターが何なのかも分からないままに粉々にして進んでいく。

「……イズさんに有利なポジションを取らせると怖いね」

「すごいね！　これなら皆安全だよ！」

攻撃は最大の防御とはよくいったもので、何かが起こる前に全てを吹き飛ばしてしまえば何の問題もないのだ。

「っと……ただ、ちょっと様子は変わったぞ。こっからは水だ」

「あら、じゃあ爆弾はちょっと駄目そうね」

「代わりに暗くはなくなったな。デカめの魚は泳いでるが」

「じゃあ潜水服着て入ります？　マイとユイを中心に暴れてもらう感じで」

「入る瞬間は守ってあげられるよ！」

「おし、なら行ってみるか」

メイプルがいるなら問題はないと、念のためクロムを先頭にして、マイとユイをついて行かせる。

水中に飛び込むと、それに反応して、中を泳いでいた魚達が鋭い歯をぎらつかせて一気に襲いかかってくる。

「俺に構ってる暇ないぞ？　マイ、ユイ！」

「「【クイックチェンジ】！」」

クロムに魚が集まっていったところで遅れて入ったマイとユイがそれぞれ八本の大槌を振り回す。

一本一本が先程のイズの爆弾全てを凝縮させたような威力である。

ただ大槌を振り回しているだけの通常攻撃。しかし、それは他のプレイヤーの必殺技の破壊力を凌駕する。

大槌が掠ったものから文字通り粉々に爆散して消滅していく。二人の単純な暴力は一瞬にして部屋を駆け巡り、全てを無に帰した。

「ふぅー……味方だから当たってもダメージを受けないのは分かってるが、緊張するもんだな」

マイとユイも当たらないようにはしてくれているものの、何もかもを破壊する鉄塊が目の前を通過していくと反射的に体が固まるものだ。

「さっすがー！」

「上手くいきました！」

「メイプルさんも……防御ありがとうございます」

「えへへ、二人のおかげで全然いらなかったけどね」

万が一攻撃を受けても問題ないという安心感があるため、のびのびと攻撃ができるというものだ。

クロムはそれを聞いて、それが大盾使いの本来の役割だと一人頷く。

「何事もなく終わったみたいですね」

「おお、サリー。まあな、あの二人が武器振り回せば雑魚(ざこ)は問題ないだろ。あと、やっぱり縦にも【身捧ぐ慈愛】が効くのがじんわりヤバい」

「ですね……」

範囲も広く、塔の幅をカバーしきっているため、メイプルの防御力を突破することが、この塔のモンスターに課せられた土俵に上がるための条件である。それがあまりにも厳しく、ほぼ不可能と言っていいものなのは全員がよく分かっていた。

「よーしどんどん進んじゃおう！　皆攻撃は任せるね！」

八人でいるならメイプルは無理に攻撃に回らなくていい。その分突然ダメージを受けることがあった時のため、ポーションを構えておくのが大事だ。メイプルが倒されない限り戦線の崩壊はあり得ないのだから。

イズ中心の攻略から、マイ、ユイ、カスミ、サリーのアタッカー四人中心の攻略に切り替えて、さらに下へと進んでいく。動きの速いモンスターはカスミとサリーが担当して、ＨＰや防御力が高そうなモンスターはマイとユイがそれを上回って吹き飛ばす。

クロムが引きつけて、ネクロのスキルで【ＡＧＩ】を低下させることで特に手こずることもなくモンスターを撃破できていた。

「流石(さすが)ねー。私達が攻撃に移るまでもないかしら」

「ふふ、僕は楽ができて助かるよ。本も貯めておけるしね」

「また増えたのね。全部使いきることはあるのかしら」

「んー、あるかもよ？」

「カナデがその本全部使ったら凄いことになりそう」

「ははは、そうだね。全部のスキルが必要そうなら使おうかな」

それは一体何を相手にする時に起こることなのかメイプルとイズには想像もできない。

そうして三人が話していると下の階からサリーがぴょこっと顔を出す。

「終わったよー。次は一気に深くなってるから全員で入りたいって」

「はいはーい！」

「何階分か貫いている感じかな？　一応魔導書を使う準備はしておくよ」

「うん、そうして。外が見えないから分からないけどかなり潜ってきてるはずだから、そろそろボスでもおかしくない」

全員が揃って次の階へと進むと、そこから下は床が全て抜けてしまって、遥か底まで外壁だけが残っている状態だった。床は水に侵食されて崩れていったというよりは、その砕け方や端の方の残り方からして巨大な何かが破壊していったように見えた。

「相当深いぞ？　これを下まで行くのは骨が折れるな」

「ただ、一階ごとに分かれていない分一気に進めるとも言えるだろう」

「……何か光った？　皆！」

どうしようかと話している最中、遥か下に何かの輝きを見たサリーは全員に注意を促す。そうして皆が下を見たその時。輝く水の塊が三つ、時間差で飛んできた。

サリー、カスミは素早い動きでそれを回避し、クロムはうち一つを盾で受け止める。イズとカナデも何とか回避するが、もともと動きが遅く、【水泳】スキルもないマイとユイは避けきれない。

二人に直撃すると泡とエフェクトが弾ける。【身捧ぐ慈愛】によって攻撃を受けたのはメイプルなため、全員がメイプルの方を振り返る。

「……ダメージはないよ！　でもっ、空気が！」

直撃した回数だけ、ゴリッと残りの酸素が削られたのを確認したメイプルは現状を伝える。

「なるほど確かにそういう隙はあるか……！」

「いやらしいね。長いダンジョンに、酸素を削る攻撃をする敵かあ」

ただ、今までとは違う雰囲気と、戦闘地形の変化からおそらくこれがボスによる攻撃であることは察せられた。

しかし、そもそもかなり距離があるせいで姿は見えない。深く暗い水の底からこちらを上回る長射程の攻撃が飛んでくるばかりだ。

「盾で防げば問題ない！　俺とメイプルを中心に防御しながら底まで潜ろう。あんまり時間かけるとメイプルがキツイ！」

「だね。僕も防御魔法準備するよ」

「私も刀で弾こう。【心眼】もある。攻撃の予兆は捉えてみせる」

「私も大盾に変えられるのが役に立つかな？」

「マイちゃん、ユイちゃん。皆で守るわ、だから辿り着いて一発叩き込んであげて！」

「「はいっ！」」

「よーし！　皆行こう！」

メイプルの号令で八人は底を目指して潜水する。マイとユイを後ろに下げてメイプルとクロムを前に立たせ、守りを固め、イズとカナデでサポートをしつつ、最前線でまずカスミとサリーが攻撃を捌きにいく構成だ。

勝利条件はマイとユイを下にいる何かの元まで届けることである。射程にさえ入れば倒せぬものなど存在しないのだ。

「今度は四発！」

「こっちは任せてもらおう！」

「一つは受け持つ！」

カスミが素早く刀を振るうと、水の塊は直撃する寸前で細かく分かれて泡に変わって消えていく。

サリーは安全策をとって武器を大盾に変化させそれを受け止める。残り二発はメイプルとクロムがそれぞれ防御し、ただの一発すら直撃には至らない。

「「ありがとうございます！」」

「役割分担だよ！」

「ああ、適材適所ってやつだ。二人はボスを吹っ飛ばすことに集中してくれ」

そうして次々に襲いかかる水の塊を上手くやり過ごしている中、カスミとサリーは水中の僅(わず)かな変化に感づいた。

「流れが……カスミ！」

「【心眼】！」

サリーの予感を確信に変えるため、カスミはスキルを発動する。その目に見えたのは壁際以外が攻撃予測のエフェクトによって真っ赤(まっか)に光った光景だった。

「壁に寄るんだ！　何か来る！」

【心眼】を使用している状態のカスミの言葉に間違いはない。それは数瞬後に確実に起こる事象なのだ。

全員が端に寄ったその直後、中央を突き上げるような水流が抜けていく。巻き込まれればダメージを受けるだけでなく、スタート地点まで戻されてしまうだろう。

「今度は端に来る！　中央に戻るんだ！」

「カスミ、まだいける？」

「……ああ、【戦場の修羅】【心眼】」

カスミの体から赤いオーラが立ち昇り、スキルのクールタイムが一気に短くなる。これによって【心眼】すら連続使用が可能になった。

「効果が切れればスキルは使えなくなるが、二人さえ届けられれば私のスキルなど必要はないだろう」

【戦場の修羅】のデメリットによってスキルが使えなくなるとしても、マイとユイを守る方がプラスである。

今のカスミにまともな攻撃は通じはしない。

確かな未来を見ることで前兆がほとんどない攻撃を完璧(かんぺき)に回避していく。経験や直感ではない回避だからこそミスも読み違えもありえない。

襲い来る水流を完全に躱(かわ)しきった所で、【戦場の修羅】の効果も切れ、カスミの視界が元に戻る。

「時間切れか……あとは頼む」

「結構潜ってる、そろそろ見えてもおかしくない」

そう言って水底をじっと見ると、暗がりの中でまるで星空のように大量の光が瞬くのが見えた。

それが何を示すのか分からない八人ではない。

「防御壁を張るわ！」

「ソウ、【覚醒(かくせい)】【擬態】。【ガードマジック】」

カナデは自分とソウの二人で障壁を展開し、イズは手早く取り出したクリスタルを放り投げてバチバチと音を立てるエネルギーバリアを張る。

水底で光ったものの正体は、大量の水の弾。それは避け切ることがほぼ不可能な弾幕となって八人に襲いかかる。しかし、直撃するコースのものは重ねて張られた防御壁によって防ぎ切られて、またも直撃を免れる。

「……見えた！」

最も前にいたサリーはそこでようやくボスの姿を視認する。いくつものヒレと塔の幅を目一杯使った巨大な体、美しく輝く青白い鱗。それは魚ではなく水竜と言えるような存在だった。

水竜は八人がすぐ近くまで接近していることに気づくとその体を動かし、凄い速度で上昇してくる。

「……っ！　通さないで！　行かせたら上下が逆転する！」

弾き飛ばされ、すり抜けられればまた攻撃を避けつつ今度は上に戻らなければならない。本来それは避けられないこと。しかし、この八人なら一瞬隙を作ることができればいい。

「ソウ、【スロウフィールド】！」

「ネクロ【死の重み】だ！」

ソウによって空間が歪み、ネクロの力でクロムの背後に一瞬巨大な髑髏が浮かぶ。それらはどちらも水竜の動きを鈍らせ、速度を落とす。

「【水底への誘い】！」

メイプルが目一杯広げた触手のうち一本がその体に命中し、大量のダメージエフェクトが散る。

しかし、それは本来のスキルの効果ではない。あくまで【悪食】がもたらしているものだ。この触手が持つ本当の効果は別にある。

ビリッと音がして水竜の体がほんの一瞬麻痺(まひ)する。ボス故か効果時間はほんの僅か一秒ほどだ。

しかし、一秒。

確かに動きは完全に止まった。そして、その一瞬をずっとずっと待っていた二人がそこにいる。

「「【ダブルインパクト】！」」

十六本の大槌(おおつち)がその体を捉え、強烈な攻撃を加える。耐性を持つ特殊なボス、もしくはレイドボスでもない限りこの圧倒的な力には耐えられない。

十六の衝撃が全身を駆け抜け、ボスのＨＰは一瞬で吹き飛び消滅することとなった。

ボスを撃破し静かになった塔の内部を潜っていくと、底には魔法陣があり次の層へと転移できることが分かる。

「お疲れ様ー！　皆のお陰で酸素も大丈夫！」

「よかった。メイプルもナイス麻痺」

「その触手の麻痺の方が活躍してるの珍しいよな」

「並のモンスターなら麻痺する前に飲まれるせいだろう」

「そうね……」

ダンジョンをクリアしたため、これで一面水の世界とはしばし別れることとなる。

酸素のこともある。ここであまり長く話しているのは得策ではないと、八人は次の層へとつながる魔法陣へ乗った。

「どんなところかな！」

「行ってみてのお楽しみだね」

そうして八人は光に包まれ消えていく。しばらくして、真っ白だった視界が元に戻っていくと足元にはしっかりとした地面の感覚があった。八人は潜水服を脱ぐと開けた視界で眼下に広がる世界を確認する。

そこにあったのは丘の上から眺めることではっきり見えた二つの特徴的なエリアだった。

片側は水と氷、もう片側には炎と雷が見える。それぞれ光と闇を象徴するように、白を基調とし豊かな森が見えるエリアと、岩石が目立ち溶岩溜まりのある黒を基調としたエリア。対照的なものはここからパッと見ただけでもいくつもあげられる。

そしてどちらの側にも遠目に見ても大きな町があることがはっきり分かる。

「ははーん、なるほど。対立しての対人戦っていうのも少し分かったかもな」

「ああ、これだけ分かりやすければな」

「ギルドとしてどちらかにつくのかしら？　それとも個人として？」

「お姉ちゃんはどっちがいい？」

「えっ、うーん……緑がいっぱいの方が安全そうだけど……」

【楓の木】の面々も新たな層の初めて見る景色にそれぞれに反応を示す。

「メイプルはどうする？　多分どっちかにつく感じだと思うよ。印象としては光か闇かって感じかな？」

スキルだけを見れば闇寄りなメイプルである。といっても、これでも八層で光成分は補充してきたのだが。

「むぅ、見てまわらないと分かんないや」

「それもそっか。イベントの時に決めることになるんだろうしね」

それまでは探索を続け行きたい方を決めることになるだろう。

景色が綺麗そうなのは緑豊かな側。ただ、今まで見たことのないようなものが見られそうなのは、溶岩と岩場溢れる見るからに危険な側である。

メイプルはこうして迷ってはいるが、どちらにも当然見所はあるだろう。

「よーし！　いっぱい歩き回ってみよーっと！」

新しい層を見下ろして、メイプルは元気よくそう宣言するのだった。

350名前：名無しの槍使い
ついに対人戦きたかー

351名前：名無しの弓使い
成長を見せる時だ

352名前：名無しの大剣使い
内容はまだ分からんけど早期リタイアとかならないように頑張りたいぜ

353名前：名無しの魔法使い
俺も強くはなってるけど化物はマジ化物だからなぁ

354名前：名無しの大盾使い
まあ一対一って感じではなさそうだし立ち回りによりそうだ

355名前：名無しの魔法使い
あ　化物一家の人だ

356名前：名無しの大盾使い
誰がだ誰が

357名前：名無しの大剣使い
どう？　八層の間は特に何もなかった？

358名前：名無しの大盾使い
色々あったけど色々あったってだけ

359名前：名無しの槍使い
これまた何かやってるよやってるやってる
絶対やってる

360名前：名無しの弓使い

そうぽんぽん変なことは起こんないはずなんだよなあ
起こんないよなあ……？

361名前：名無しの魔法使い
もうすぐ対人戦だし敵陣営になれば身をもって体験できるんじゃない？

362名前：名無しの大剣使い
せめて暴虐タイプは勘弁な

363名前：名無しの槍使い
どうする？　片手だけだった触手が全身とかになってたら

364名前：名無しの弓使い
あーずっと水の中だったしなあ
触手の一本や二本追加があってもおかしくないかも

365名前：名無しの大盾使い

メイプルちゃんをなんだと思ってるんだ

366名前：名無しの槍使い
ラスボス

367名前：名無しの弓使い
化物＋人÷2　天使少々
～触手を添えて～

368名前：名無しの大剣使い
兵器も添えとけよ

369名前：名無しの魔法使い
まずそう

370名前：名無しの大盾使い
むしろ食われてるのはいつも相手なんだよなあ

３７１名前：名無しの槍使い
当然のように食べないで

３７２名前：名無しの弓使い
でも本当に何も強くなってない可能性もあるだろ

３７３名前：名無しの大剣使い
あまりにも希望的観測
そんなことがあったでしょうか？

３７４名前：名無しの大盾使い
どうなのかはその目で確かめてくれ

３７５名前：名無しの魔法使い
それは会敵しているということを示していませんか？　間近で見てみたくはあるけど……

どうなっているかはその目で見るまで分からない。もちろん、それはメイプル以外のプレイヤーにも言えることである。

メイプル達、そしてライバルである【集う聖剣】【炎帝ノ国】【thunder storm】【ラピッドファイア】の面々は、それぞれの日々を過ごしつつ、九層の探索を行い、やがて来る対人戦イベント開催の日を待つのだった。

書き下ろし番外編　防御特化と思惑。

八層。いつも通り凪いだ水上をゆっくりとボートで進んでいくのはリリィとウィルバートだった。

今日は九層の実装が発表されたため、下見として九層に続くダンジョンに入ってみる予定なのである。

「リリィ、前方ですが……」

「ははは、これだけ音がしていれば分かるとも。それにしても……相変わらずすごいな」

進行方向に背を向けていたリリィは体の向きを変えて音の発生源をその目で確かめる。晴れた空に白い雲、穏やかな天候なのだが、その一部分にだけは大量の雷が降り注いでいた。

それは時折その領域ごと移動しているので、二人にもこれが八層のイベントによるものではないことが察せられる。

「上がってきそうですよ」

「そうか、そうだな……少し待とう」

「はい」

海に降り注ぐ雷は収まって、代わりに水中から二人の人物が姿を現す。それは【thunder storm】

のベルベットとヒナタだった。

「相変わらず派手なスキルだね、うん」

「ん……？　あ、リリィっすね！」

「今日も戦闘かい？　とはいえこの辺りのモンスターでは相手にならないだろうけれど」

ベルベットの広範囲雷撃は、水中を素早く動き回ることで有利を取ろうとする魚達にとってどうしようもないものだ。多少素早い程度では近づくだけで黒焦げである。会話が続きそうな雰囲気を察して、ヒナタは自身とベルベットをふわっと浮き上がらせると取り出したボートに着地させる。

「よっ、と……助かるっす！　そうっすねー、物足りないっす。でも次のイベントは対人戦だからそれまで我慢するっすよ！」

強いモンスターより強いプレイヤーの方が簡単に思い浮かぶものだ。八層まで来る頃にはそれぞれ独自の道を行くプレイヤーもいて、当然それが強さに結びついている者も多くいる。

「対人戦か。陣営対抗とのことだったからギルド単位よりさらに大きな規模になるだろうね」

詳しいことはまだ分かってはいないが、複数のギルドが協力し合って戦うような展開を予想することはできる。

「そうっすねー」

「私としては今のうちに味方になってくれそうな人には声をかけておこうと思っていてね。ほら、戦いたい相手として私達は少し優先度が下がるだろう？」

「……ベルベット、どう？」

ヒナタはベルベットの判断に合わせるつもりのようで特にそれ以上は言葉を発しない。ベルベットはリリィの言葉を受け止めて少し思案する。

「むむ、前に全力でやったっすからねぇ」

「ははは。その節はどうも」

「ですからそちらの強さはよく分かっています。どうですか？　考えてもらうだけでも」

ウィルバートがそう提案すると、ベルベットは少し考えた後大きく頷く。

「確かに言う通りかもしれないっす！　戦いたい人も増えたっすから」

「……それにギルドの皆にもいい報告になる、かも？」

「そうっすね！　いつも振り回しちゃってるっすから……」

【ラピッドファイア】と組むことができれば、次の対人戦イベントで大きな勢力になることができるだろう。大規模ギルド自体が少なく、その中でも力を持っているギルドなのだから、組む相手としては最良と言っていいくらいだ。これならギルドメンバーも反対するということはないだろう。

「もちろんこれで決定ってわけじゃないさ。それに他にも頃合いを見て個人的に打診してみようかと思っていてね」

都合が悪くなったら断ってもらって構わないとリリィは伝える。とにかく先に話を通しておくことに意味があるのだ。

「二人も強くなったっすか？」

「ふむ、どうかなウィル？」

「まずレベルは上がりましたね。それにスキルも全く増えていないわけではないでしょう。ですから……」

「ふふ、とのことだ」

八層を通して強くなったのは何もメイプル達だけではない。各プレイヤーもまたそれぞれ何かしらを水底からサルベージしてきているのだ。

「おおー！　流石っすね！」

「そういう二人はどうなんだい？」

「私はそんなにっすねー。ギルドメンバーには色々見つけてた人はいたっすけど。でも、ヒナタは違うっすよ！」

「なるほど、ますます敵には回したくないものだね」

「二人はこの後はどこか行くんすか？」

「ええ、九層に続くらしいダンジョンを少し下見に」

「二人も来るかい？　ほら、組むか組まないか……そんな話をする前に実力の変化も見ておきたくはないかな？」

「行くっす行くっす！　ヒナタも来るっすよ！」

「いいけど……新しいスキルとか、使うとは限らないですから……」

「そうと決まれば早速行こう。道中話でもしながらね」

こうして四人は一緒に目的のダンジョンへと向かうことになった。

◆□◆□◆□◆□◆

久々の対人戦の知らせは当然他のギルドにも波紋を呼んでいた。特に今までの対人戦で良い結果を残しているギルドはマークされる立場になるため、準備も念入りに行わなければならないのだ。メイプルなどは特別分かりやすい例だが、どんなプレイヤーにもスキルの相性によって明確な有利不利は生まれてくる。

スキルが豊富なこのゲームなら、それを生かせば下剋上（げこくじょう）もあり得るだろう。

そんな中、そうはさせまいとそれ以上に強くなろうとするギルドもある。トップを走る大規模ギルドである【集う聖剣】もその一つだ。

「フレデリカ、情報は集まってんのか？」

「まあ一応ねー。でも八層は水浸しだし、何回も言ってるけどー、私はあんまり適性ないんだよねー」

ドレッドの質問に、フレデリカが気だるげに答える。魔法で速度を上げることはできるが、元が後衛である魔法使いのステータスなため、プレイヤーによっては容易に振り切られてしまう。だが、ペインは大して気にしていないふうで口を開いた。

「知れることがあるなら少しでも知っておきたい。それに、対人戦の前には九層が待っているようだ。そこが重要になるだろう」

八層が終わり九層へ移ったプレイヤー達は、慣れ親しんだ地上で、水中で手に入れたあれやこれやを使い始めることだろう。どのプレイヤーがどれだけ強くなっているのかは陣営対抗においても重要になる。リリィがしていたように強いプレイヤー、そして新たに強くなったプレイヤーを見つけ、味方につけられるなら戦いも有利に進めやすくなるだろう。

「うん。そっちで八層の分も頑張るねー」

「対人戦か。ギルド戦の時より大規模なんだろ？　なかなか苦労しそうだぜ」

そう言うドラグの口ぶりは軽く、ドレッドも軽口で返す。

「フレデリカが役に立つんじゃねーの。あの大量のバフが生きるだろ」

「もー、皆ももっと多人数戦に強くなってよねー？」

「前回のイベントでも助かった。当然次も期待している」

「私の役割だしちゃんとやるけどねー」

「で、どうすんだペイン。陣営対抗なら仲間を作っておいた方が勝ちやすいとは思うぜ」

「そーだな。味方が多い方が楽できるだろ」

「勿論、声はかけてみるつもりだとも。ただ……その上で自分達だけでも状況をひっくり返せる力をつけておきたい」

「無茶言うねー」

ペインは本気のようで、それは三人にも伝わっていた。誰かを頼ることなくあらゆるものを上回れるのであれば、それは最も隙のないまさに最強と言えるようなものだろう。

「いいぜ！　そういうのは嫌いじゃやねえ！」

「そうか。そう言ってくれると嬉しいよ」

「ま、不確定な要素はないに越したことはねえ」

自分達以外のことは完璧には分からないものだ。それなら把握できる範囲での最善、最強を突き詰める。

「戦闘時の連携は確認しておこう。フレデリカが多人数戦に強いのは確かだが、ドレッドもドラグもテイムモンスターの力を借りることで戦闘の幅が広がっているはずだ」

「勿論！」

「やれることはやる。やるなら勝つ方がいいしなあ」

「こっちまで攻撃来ないように頑張ってよねー」

【集う聖剣】も【集う聖剣】なりのやり方で次のイベントでの勝利を目指し、そのためのピースを集めていく。

メイプル達と交流がある残るギルドは【炎帝ノ国】である。ここもまた、今日は対人戦と九層の話題で持ちきりだった。

「皆、盛り上がっているようだな」

「そりゃあなあ。対人戦は久しぶりだし、人によっては当然リベンジの機会だったりもするし」

自身もやる気をのぞかせるシンの後に、ミザリーとマルクスも続けて返す。

「活気付くのは良いことですね」

「強い人と戦うことになると思うと胃が痛いけど……」

「で、どうするんだミィ。当然勝ちにはいくんだろ？」

「勿論。ただまだ分からないことも多い。形式、戦闘の舞台、期間……最終的な判断は先になる。手の内を隠し、限界まで決断を保留することの利点は必ずある」

「ま、それもそうだな。動けばどこかには気取られるだろうし、先に対策をがっつり立てられてしまうのもうまくないな」

「ああ。その点、シンは弱点が少ない。その強みを生かして欲しい」

「おう！　任せな！」

ミィなら炎ダメージの軽減。マルクスならトラップの看破。ミザリーなら回復量の減衰。三人には明確な対策法がある。常に対人戦が想定されているゲームではないため現時点でそれら全てを完璧に揃えているプレイヤーは少ないだろうが、敵対すると分かれば話は別になるだろう。

「それにギルドメンバーの皆もいますから」

「皆頼もしいよ……僕より……」

「全員でまとまって戦えるといいけどなぁ。ミザリーとマルクスがいるから集団戦なら自信もあるし」

粘り強く戦線を維持すればミィを筆頭に高火力の魔法によって状況は改善していくだろう。圧倒的な個の力による一点突破もできるが、強みはそれだけではない。

「他のギルドはどうする？　ほら、ミィは【楓の木】とは結構交流あるだろ？」

「現時点では特に共闘も敵対も考えてはいない。当然、味方につければ心強い。しかし私達としてもリベンジしなければならない相手だ」

「だね……もし相手になったら……今度は止めるよ、頑張って……多分」

「ははっ、おいおいそこは言い切ってくれよ」

「皆で力を合わせましょうね」

「繰り返すが味方ならそれでも構わない。基本は成り行きに任せるとするさ」

「オーケー。なら、俺もちょっとまた鍛えてくるか。誰とやることになってもいいようにな。マルクスも来てくれないか？　【崩剣】の細かい制御を試したいんだ」

「いいよ……こっちも新しいトラップを試すから」

「いってらっしゃい」

「おう！」

「うん……またね」

手を振るミザリーにそれぞれ反応を返して二人は去っていく。二人もまた八層で確かなレベルアップに成功しており、新たな層、そしてイベントに備えているというわけだ。

そうしてミザリーと二人きりになると、途端にミィのまとっていた空気がやわらかくなる。

「はぁー……対人戦かあ」

「いいんですかミィ。本当に【楓の木】に声をかけなくても」

「うん。さっき言ったのはちゃんと心からの気持ち。前回は負けちゃったし、でも仲良くもなれたから」

「そうですか。ふふっ、どっちになるでしょうね」

「うぅ、敵になるかもって思うと緊張もするなあ」

「マルクスとシンも助けてくれますよ」

「私も頑張るからミザリーもよろしくね」

「はい、勿論です」

それぞれがそれぞれの思惑を持って舞台は八層から九層へ、そしてイベントへと移り変わっていく。プレイヤー同士のぶつかり合い、その勝者が誰になるのかはまだ誰も知り得ないことなのだった。

あとがき

ふと目についてで十二巻を手にとってくださった方にははじめまして。既刊から続けて読んでくださっている方には応援し続けてくださったことに深い感謝を。どうも夕蜜柑（ゆうみかん）です。

早いものでもう防振りも十二巻となります。ここまで続けてこられたのは、応援してくれている皆さんの力によるものであることをひしひしと感じている今日この頃となります。十二巻ではいくつか大きなイベントがありました。これがどう影響してくるか分かるのはもう少し先のことになるでしょうけれども、楽しみにしていただければ幸いです。

他にも新たな装備や見た目の変わるアイテムなどを挿絵として描いていただき、見ていて非常に楽しいものにしていただけたなあと思っています。イラストならではの魅力をどんどん追加してもらえて本当に嬉（うれ）しい限りです。TVアニメに関してもまた話せることができれば情報をお伝えしたいなあと思っています。イラストが魅力をより高めてくれるようにTVアニメもそれ特有の方法でメイプル達の楽しげな冒険を伝えてくれる素晴らしいものですから。こちらも気長に楽しみにしていただければ幸いです。

コミックも多くの方に読んでいただけているようで、関わってくださっている方々の凄（すご）さを実感しています。私は漫画に関してはからっきしなものですから、ほとんど一読者のような感覚で、すごいなあと見ているようなものなのですが。

そして、さらにフィギュアなども発売されるとのことで、これはまた新しい出来事でしたから私としても感慨深いものがありました。よろしければ是非手にとっていただければと思います。それぞれの媒体で、それぞれの魅力を楽しんでもらっている中で、今後も新刊であったり続報であったりをどんどんお届けしたいものです。


もちろん、各媒体に負けないよう原作者である私も頑張りますので、これからも防振りを応援していただけると嬉しいです。

それでは、次回はまた何か新たな情報をお届けできるといいなあと思いながら今回はここで締めさせていただきます。

改めて、私としてもメイプル達の冒険を、携わってくださった他の方々に負けじと届けていきますので、今後ともよろしくお願いいたします。そして、いつかの十三巻でお会いできる日を楽しみにしています！

夕蜜柑

カドカワBOOKS

痛いのは嫌なので防御力に極振りしたいと思います。12

2021年8月10日　初版発行

著者／夕蜜柑

発行者／青柳昌行

発行／株式会社KADOKAWA

〒102-8177
東京都千代田区富士見2-13-3
電話／0570-002-301（ナビダイヤル）

編集／カドカワBOOKS編集部

印刷所／大日本印刷

製本所／大日本印刷

Printed in Japan
ISBN 978-4-04-074129-1 C0093

新文芸宣言

かつて「知」と「美」は特権階級の所有物でした。

15世紀、グーテンベルクが発明した活版印刷技術は、特権階級から「知」と「美」を解放し、ルネサンスや宗教改革を導きました。市民革命や産業革命も、大衆に「知」と「美」が広まらなければ起こりえませんでした。人間は、本を読むことにより、自由と平等を獲得していったのです。

21世紀、インターネット技術により、第二の「知」と「美」の解放が起こりました。一部の選ばれた才能を持つ者だけが文章や絵、映像を発表できる時代は終わり、誰もがネット上で自己表現を出来る時代がやってきました。

UGC（ユーザージェネレイテッドコンテンツ）の波は、今世界を席巻しています。UGCから生まれた小説は、一般大衆からの批評を取り込みながら内容を充実させて行きます。受け手と送り手の情報の交換によって、UGCは量的な評価を獲得し、爆発的にその数を増やしているのです。

こうしたUGCから生まれた小説群を、私たちは「新文芸」と名付けました。

新文芸は、インターネットによる新しい「知」と「美」の形です。

2015年10月10日

井上伸一郎